你在我的记忆深处

郭熙元 著

陕西新华出版传媒集团
太白文艺出版社

图书在版编目（CIP）数据

你在我的记忆深处 / 郭熙元著. -- 西安：太白文艺出版社，2019.12(2022.1重印)
ISBN 978-7-5513-1733-7

Ⅰ. ①你… Ⅱ. ①郭… Ⅲ. ①散文集－中国－当代 Ⅳ. ①I267

中国版本图书馆CIP数据核字(2019)第250835号

你在我的记忆深处
NI ZAI WO DE JIYI SHENCHU

作　　者	郭熙元
责任编辑	李　玫
封面设计	李渊博
版式设计	董文秀
出版发行	陕西新华出版传媒集团 太白文艺出版社
经　　销	新华书店
印　　刷	三河市华东印刷有限公司
开　　本	889mm×1194mm　1/32
字　　数	150千字
印　　张	9
版　　次	2019年12月第1版
印　　次	2022年1月第2次印刷
书　　号	ISBN 978-7-5513-1733-7
定　　价	42.00元

版权所有　翻印必究
如有印装质量问题，可寄出版社印制部调换
联系电话：029-81206800
出版社地址：西安市曲江新区登高路1388号（邮编：710061）
营销中心电话：029-87277748

献给
曾走进我生命中的
每一个人

一段段的记忆，就像一朵朵盛开的花，
愿其沐浴阳光，四季芬芳。

目录

序言
1　回忆的诗
3　童年记忆
22　那时日夜
48　那年梨树下
73　雪中的她
99　我的"启蒙老师"
125　我的上铺兄弟
152　毛哥的逆袭
166　情书
188　我的表哥

| 摇滚少年　　*203*
| 静夜之思　　*219*
| 心灵足迹　　*236*
| 跨越时空的约定　　*266*

| 后记　　*275*

序言

我时常在想，人的一生当中，究竟什么才是最重要的？或许每个人的答案都不尽相同。我知道，在不同人抑或跌宕起伏，抑或平静如水的生命轨迹中，答案并不唯一，但是，看似众多的答案归结起来，其实不外乎那么几个。况且，随着年纪的增长，随着阅历的增加，答案在我们的内心深处将会渐渐趋同乃至相交。

我们不妨暂时放下手头的事情，静静地回忆一下自己如流水般的日子，哪些记忆的片段还如照片一般色彩斑斓？哪些记忆的片段又如蜜糖一般甜蜜？又有哪些记忆的片段，犹如一个个老朋友，时常出现在我们的眼前？

是啊，那些让我们记忆犹新的令我们真正感动的人或事，一直都在我们的脑海里，充实我们的回忆，给我们鼓励，给我们自信，给我们欢乐，给我们幸福！

所以，如果你要问我，人的一生中，什么才是最重要的，我会告诉你，那就是围绕着我们的亲情、爱情、友情以及令我们魂牵梦萦的故乡情。这些生命中最重要的，其实就浸透在我们的日常生活里，就伴随在我们每个人的身边。

是的，这些难忘的时光片段，我们能够用心"看"到。

我看到，亲爱的母亲大年初一站在车站外的冰天雪地里，等那个一年只能从外地回来一次的儿子时，内心的期盼和激动！

　　我看到，美丽的妻子，在我说出"我爱你"这极普通的三个字时，眼角溢出的幸福和泪珠！

　　我看到，朝夕相处的同学们在毕业季里彼此相互真诚地鼓励和祝福，哪怕以后四海为家，各自天涯！

　　我还看到，那个曾经的自己，在夜晚的台灯下，夜以继日地敲键盘写文章、改稿子，谱写着自己的激情和梦想！

　　还有很多的片段，犹如一个个"使者"，在夜深人静时分，不远万里地"跨越时空"来见我，亲切有加，美好如初！这些片段的人或事，一直那般历历在目，一直在我的内心深处温暖地存在着，不曾忘记。

　　此刻，我愿再次坐在台灯下，"重操旧业"，记录生命中的美好，追寻命运的轨迹，记述永不复返的日子里陪我一路走来的那些重要的人和事，不虚度这仅有的一次生命，不辜负那些在我生命里给我最深记忆的人！

2019年1月7日夜

回忆的诗

回忆就像
昨夜的雨
梦中徜徉
淋湿了那触不到的芬芳

回忆就像
手中的沙
细碎轻柔
流逝了那追不回的时光

回忆就像
四季的花
漫山遍野
开满了高高的山冈

回忆就像
走过的路
与山为伴
伸向了回不去的远方

回忆就是
你熟悉的脸庞
给我温暖，为我疗伤
不论远走他乡
不论身在何方
总是我遥望的家乡
总是我梦中的天堂

童年记忆

> 童年是什么？童年就是抓知了、打沙包，就是夏日里斑驳树影下尽情地追逐嬉闹，就是放学后柳岸田野间忘我地蹦跳欢笑。我的童年，除了这些，还有爷爷奶奶时常陪在我身边的时光。

1

  一条笔直的水泥路从我的脚下延伸至远方，两边金色的麦浪起起伏伏，包裹着路尽头绿树成荫的村庄。从远处望去，整个村庄宛若漂浮在金色海浪中的绿洲。

  笔直的水泥路在我眼前逐渐幻化成一条坑洼不平的土路，两边长满了野花和绿油油的草丛。小时候的画面像过电影一般在我的眼前重现。我看到了年少的自己，在小路尽头的村口出现，和伙伴们追逐嬉闹；我看到了年少时的我向自己走来，背着书包，背着童年的记忆……

  童年是什么？童年就是抓知了、打沙包，就是夏日里斑驳树影下尽情地追逐嬉闹，就是放学后柳岸田野间忘我地蹦跳欢笑。我的童年，除了这些，还有爷爷奶奶时常陪在我身边的时光。

  我的爷爷曾是音乐老师，当年就在老家附近的小学任教。在那个烽火连天的战争年月，真可谓"战地钢琴师"了。

  虽然我没有见过爷爷授课的场景，但还是想象得出，爷爷穿着笔挺的中山装，坐在风琴旁，弹着熟悉的旋律，双脚踏着固定的节拍的样子……

  我小的时候，老家有一架风琴，就在爷爷卧室对面的房间里。翻开琴盖，能够看到一排略微泛黄的琴键。琴的底部有两个踏板，只有双脚不停地踩踏，按下琴键后才能发出声音。爷爷十分珍爱它，一直细心地用墨绿色的罩子罩在风琴上面，生怕落灰。我偶尔会在上面试试，却常常忘记手脚的配合，所以很难弹奏一首完整的曲目。爷爷却不一样，当他的双手放在琴键上，一首优美的曲子也即将开始。看着爷爷弹琴的样子，我时常想，或许爷爷当年经常弹琴给奶奶听吧！每每想到这里，我都会禁不住一笑，顿觉格外温暖。

爷爷有一项特别的能力，我至今都没有学会。他会根据我唱的歌来弹琴，不论是他熟悉的歌曲还是从来没有听过的歌曲，爷爷都能一下子找准音调，且不会弹走调，更厉害的是爷爷弹奏得可以做到和我唱的几乎同步！或许，是我没有这样的音乐天赋吧，又或许，音乐老师的世界，我不懂。

爷爷退休后的生活其实异常丰富，练毛笔字、读书看报，而且在家人团聚的时候，偶尔会弹起那架风琴，既能为大家助兴，又可以让爷爷从歌声中回顾自己的光辉岁月。

爷爷读书可是相当认真的，会用手中的笔圈圈点点。他上过学，习过字，还当过语文老师，所以看书更不在话下。

我有三个堂姐，都比我大十多岁。在我还由爷爷奶奶照看的时候，她们都已经是亭亭玉立的大姑娘了。三个姐姐都长得

5

很漂亮,喜好打扮,自然也少不了买一些时尚杂志。每隔一段时间,我都会发现老家屋子里多了一摞杂志。那是姐姐们带回来的过期的杂志。我当时还奇怪,拿这么多杂志有什么用呢?难不成,爷爷奶奶还追星?

原来,爷爷有个习惯,就是在看报纸的时候,每当遇到好的文章或者段落,就会将其剪下,贴在杂志上,以便日后翻阅。

后来爷爷还订了《老年健康报》,里面有用的知识点,他都会剪下来粘贴在自己制作的杂志册里。

很多年后,当我整理爷爷的书架时,看到了厚厚的几十本杂志,全部贴得满满的,而且都贴得很仔细,旁边还有钢笔做的批注,甚至在杂志的扉页上,他还归类并撰写了目录。

爷爷的认真可见一斑。

爷爷教会了我很多。在我的印象中,似乎在我正式上学之前,爷爷就要求我背诵声母、韵母表了。当时那些对我而言,简直就和火星文一样难懂,但爷爷依旧坚持让我开始学。

当夜幕降临时,爷爷会点着桌子上的煤油灯,将火苗拨到最大,拿着当时的《新华字典》,翻到最后几页,认真地教我那些字母的发音。我至今还能记得,很多个夜晚,爷孙两个人就在煤油灯下,借着火苗跳动的光亮,一句一句地念着。宽大的旧式玻璃窗外,夜已深沉,像一块大大的黑板。被灯光照亮的角落里，我和爷爷的身影，清晰地映在了大大的"黑板"上。

爷爷念一句，我跟一句，像极了古代的私塾先生教授弟子。这让我想起了古装剧中弟子在台下摇头晃脑跟读的情景。

夜深了，灭掉灯，躺在床上，我隔着玻璃窗，透过外面纵横交错的梧桐树枝杈，能够看到天边的点点星光，或明或暗，或近或远……

后来，每当我熟练地背诵《新华字典》后面的历史朝代和年代表以及五十六个民族时，就能想到爷爷，想到他在煤油灯下教我学习时的神情！

每日清晨，我都会随着爷爷在院子里的跑步声醒来，隔着窗户，看见爷爷一身深色中山装的背影，迈着执着但不算轻快的步伐。

奶奶则忙里忙外，伴着瓦房上烟囱里升起的袅袅炊烟，可口的早餐也即将奉上。

在我的印象中，一天里，奶奶不仅要洗衣做饭，还要穿针引线。从早至晚，几乎没有停过。

吃完晚饭，爷爷习惯性地会去院子里散步。

"爷爷，明天周末，你带我去集市玩吧！"

"好！一会儿新闻完了后，听听明儿的天气。"爷爷一边应着,一边换上散步的布鞋。

饭后百步走,活到九十九!我经常在饭后念叨着,跟着爷爷在院子里走。

当电视里《渔舟唱晚》的曲子悠扬地从屋里传来时,我会立刻兴奋地告诉爷爷:"天气预报来啦!"

爷爷会笑着扭过头来,摸摸我的头:"咱们到屋里头听,明儿天气好的话,就赶集去!"

赶集是我喜欢的,一旦确定要去,第二天早上爷爷便会把那辆高大的黑色自行车推出来,让我坐在前面的横梁上。自行车轮子转动时发出的清脆的嘀嗒声,像是爷爷特地为我谱就的美妙乐曲,一路陪着我,直到听到集市上那热闹的喧嚣声。

小时候,爷爷在我的心目中,那可是绝对的权威,因为父亲在他的眼里都还是个孩子,我经常听爷爷说父亲:"嗯,他毕竟还是孩子!"

说到这儿,我还能想起和爷爷之间的一件很有意思的事情。

有一年,我放暑假在老家,暑期作业的几道数学题做不出来,就去问爷爷。爷爷接过习题册,戴上老花镜,食指在纸上左右移动,认真地看了题目许久。

过了一会儿,他取下老花镜,向我笑了笑:"来,这几道题的思路一样,要这么做。"

说着,他拿起铅笔在草稿纸上写着计算公式,并给我一一讲解。

到了周末,父亲回来看我,顺便检查我的作业情况。

"把作业拿给我看看,这几天有没有进步?"父亲习惯性地说着,仿佛这句话已经成了他的口头禅。

我很自信地把习题册拿给他,想着这一次一定没有错题了,毕竟,好几道大题都是爷爷帮我解答的。

谁料到,看完后,父亲板着个脸:"今天的作业是怎么写的?这么多错题!"

"什么?怎么可能?"我不相信自己的耳朵。

"错就是错,哪有什么不可能!"父亲很是严厉。

爷爷帮我解答的计算题,全都被画了大大的"×"。

"这,这几道题是不可能错的,爸,你肯定是算错了,这几道题是爷爷帮我解答的!"我有点儿不服,固执地说道。

"呃,爷爷解的……那爷爷算错了!"父亲顿了一下,说道。

父亲怎么可以挑战爷爷的权威,我们俩的岁数加起来还没有爷爷的大呢!还是个孩子的我,不能接受这种"刺激",顿时觉得人生观、价值观被颠覆了!

后来,父亲拿着习题册和爷爷交流了一会儿,爷爷从屋里走出来,笑眯眯地看着我:"你爸爸是对的,爷爷算错啦!哈哈!你爸爸对数学很在行的。"

说完，爷爷回到了屋里，和父亲继续聊天，剩下我一个人在院子里，愕然地重新"思考人生"！

2

老家的院子并不大，分成了前院和后院。前院有一排灰色的瓦房，是奶奶平时做饭的地方。对面的空地上，种了很多花，还有一个用竹竿搭建起来的葡萄藤支架。茂密的藤条旁，有一口老井。当时这口井可是起了大作用，不仅平日的生活用水都靠它，而且它还有一个作用就是可以存储食物。平时会在井里放一些蔬菜和瓜果之类的东西，因为那里可以长时间"保鲜"。

很多次，我看到父亲小心翼翼地从井口下去，双脚踩在井壁的凹槽里以保持平衡，然后从井壁凿开的储物空间里取出东西来递给我。当时我就在想，等我长大了，手脚有力的时候，也要像父亲这样，下到井里去，拿出那些储藏的好东西给大家。

然而没过几年，爷爷家通上了自来水，同时又添置了冰箱，那口井也就渐渐废弃不用了。考虑到安全，后来井口盖上了井盖，盖得严严实实，"盖"住了里面的我想要去发掘的秘密。一直到现在，我都没有下到那口井下面去探探究竟，唯有葡萄藤越长越大，藤条垂下，从藤架垂到了井盖上，爬满了井盖上方那个木质的辘轳。

奶奶没有上过学，但是会给我讲很多故事，有些故事讲了几十遍，可我还是很喜欢听。印象最深的就是有关"挖荠菜"的故事，时隔很多年，里面的详细情节我已经忘记了，只能记得那个故事很感人，让我幼小的心灵第一次感受到了亲情的温暖。

在我的印象中，我小的时候，奶奶总是忙里忙外，似乎针线活儿和做饭占据了她绝大部分的时间。

陕西农村老太太，
花格帕帕头上戴。
防晒防尘又防雨，
洁手擦汗更风采。

这首歌谣是对陕西乡村老太太的描述。每次读起来我就会想到我的奶奶，想起她的音容笑貌。她白天里，无论是做饭、洗衣还是做针线活儿，头上总戴着一方手帕，方格的，与歌谣里说的还真是一致。

其实我并不十分清楚这一方小手帕的真正意义。在网上搜索一番,大概有两种解释:一种是手帕既可以防止强烈的日光对皮肤的伤害,又能阻止尘土进入头发,而且头发也不会被风吹乱,当在外劳作、没有随身携带毛巾时,手帕又可以擦汗抹灰,实用且美观;另一种解释是由于以前生活比较窘困,人们没有钱买美丽的帽子,所以便宜实惠的手帕,就成为勤劳朴实的农村妇女的必然选择。

至于究竟是哪一种解释,我想其实已经不重要了,重要的是,在我的脑海里,那方手帕为我对奶奶的记忆增添了一抹亮丽的颜色。

我还能想起小时候和奶奶的一个笑话。我是1984年1月出生的,按农历算属猪。年少的我自然是不大喜欢脏脏的猪的形象,也就对猪这个属相很排斥。当得知奶奶属虎时,我心中很是不平。

"奶奶!奶奶!凭啥你属虎,而我属猪呢?"

奶奶被我这么一问,愣是笑得半天接不上话。

"不行,我要和你换,从今儿个起,我属虎,你属猪!"

"对!对!你属虎,你属虎!"奶奶笑得合不拢嘴。

老家院子里那排瓦房顶上的瓦片一个叠着一个地排列着,错落有致。每逢雨天,雨水就会从瓦缝间逐渐汇集,之后像一串串晶莹透亮的珍珠项链,从房檐上滑下,将地面砸出一排小小的水洼槽。流下的雨水就顺着那排水槽,伴随着冒出的水泡,流向院外。

  瓦房是奶奶平日里做饭的地方,空间不大,摆设简单,一个灶台,一张案板,一堆柴火,几个方木凳。

  灶台是用泥土砌成的,上面可以放置一口大锅,满满的一锅饭,够我们吃上好几天的。

  每次做饭,奶奶都会从外面拿回一堆晒干的柴火,右手拉着风箱,左手则一把一把地将干裂的柴火送进灶台内。干柴在里面噼啪作响,红红的火苗随着风箱的推拉从灰烬里蹿出,将整个锅底烧得通红。我也会时不时地将身旁的"燃料"递给奶奶,帮忙做些力所能及的事情。

  有时候一股股的浓烟从灶台里冒出来,熏得我直流眼泪,于是捂紧鼻子,眯着眼睛,从厨房跑到院子里,大口大口地呼吸着新鲜空气。奶奶则早已习惯了那种环境,依旧不停地拉着风箱。

  夏收时节,老家周边的麦子都熟透了,爷爷奶奶会带着我去田间收割麦子。金黄的麦穗,个个颗粒饱满,经风吹拂,微微颔首。翻滚的麦浪起起伏伏,很是壮观。

  走进田间,麦芒划过我的小腿和脚踝,偶尔还有从不知何处蹦出的蚂蚱,从我的脚面蜻蜓点水般掠过,跳到了麦田的深处。

爷爷奶奶走在我的前面,各戴一顶草帽,提着弯月形的镰刀,弯着腰,从田地的分界处开始,一点点地收割麦子。

爷爷左手攥紧一把麦穗,右手镰刀轻轻一挥,麦穗就被割了下来。我在他们身后将割下来的麦子堆放在一起,不一会儿,一座小小的"山丘"便成形了。

待到傍晚时分,我们则会用车子将一捆一捆的麦子运回,堆放在打麦场。

打麦场平日空旷,在麦熟时节,则会派上大用场。夜晚的时候,麦场上一座座高低不一、错落有致的"山丘",仿佛雅丹地貌一般,在天空的映衬下,显示出美丽的剪影。

打麦场中央放置着一台脱粒机,就是那种可以将麦粒分离出来的简易机械。在当时,那可是很先进的机械了。每家每户使用它时,都要排队。

我记得有一年,父亲为这事儿专程回到了老家,等轮到我们家时,已经接近午夜12点。我也睡意全无,随着父亲去了麦场凑热闹。那里灯火一片,明亮如昼。

父亲拿着铁叉,用力将刚收割完的麦子放进"虎口"。周围围了很多人,一边看着,一边焦急地等待着。

当时老家还流行一种方式,就是家家将收割后的麦秆铺放在大路中央,让来往的车辆进行充分碾轧,从而将麦粒分离出来。只不过效率确实低了很多。

从麦场离开后,我们就会拉着满满一车装满麦粒的麻袋回家,往后找时间再将麦粒磨成面粉。当香喷喷的馒头嚼起来时,真是满满的幸福感。

暑期快要结束了,入秋后天气渐凉,雨水渐多。偶尔,还会伴随着雷电,豆大的雨珠会顷刻间洒遍田野。

有一次,我和爷爷从田地里回来,大雨将我淋了个透,我脚上的胶鞋也由于路上踩了水洼而灌满了雨水。一推开街门,大房屋檐内的奶奶看见我的狼狈样,赶忙小跑着从房檐下那一串串"珠帘"里钻出来,手里撑着那种老式的黑色雨伞,将我接回屋内。

进屋后,我坐在了暖和的炉火旁,奶奶则把我淋湿的脏衣服全部泡在水盆里。不一会儿,奶奶就把一碗热汤端了出来。奶奶真是心细如发!

"多喝点儿,暖暖身,外面雨大,莫着凉!"奶奶说。

"嗯。"我习惯地应道。

"明天,你妈就来啦,单位有假,要接你回去了!"奶奶一边说,一边将我的脏衣服放在搓板上洗着。

我突然有一种很难过的感觉,因为真的不想离开爷爷和奶奶。

第二天，母亲推着那辆二六型的凤凰牌自行车来接我，奶奶快步穿过院子，笑盈盈地接过了母亲手中的一大堆东西。我知道，我的暑期快要结束了。

母亲将我接走，我不得不与爷爷奶奶暂时别离。

我坐在自行车的前梁上，不停地扭头往回看。奶奶就站在街口，一直目送我们到路尽头的拐角处。

这样的场景在我记忆中有很多次，有的在烈日炎炎的初夏，有的在细雨绵绵的深秋。

当我"年岁渐高"，学业渐重，这样的场景就几乎再也没有出现过。

后来，我上了中学，更是逢年过节才回去一次，小时候的玩伴也早已长大，身材"拔"得老高，且完全变了相貌。昔日的童真，也难以觅寻踪迹，只在偶然路上擦肩而过的时候，留下几句客套的问候。

"元儿，看看这是谁，还认识吗？"有一年春节，父亲指着一个小伙子问我。

"这是……"我使劲地回忆着，但是还是想不起来。

"你们小的时候可是玩得不沾家啊！"父亲笑着提示我。

一个大婶从屋里走出来，站在小伙子的旁边，说道："哎呀，记不起来了？有一年暑假的一个晚上，你家里没人，你进不了门，后来到我家，我还给你和我儿子包饺子吃呢！"

这么一说，我倒是想起来了："哦，是强强啊，你好吗？"

"嗯！"邻家少年回应着，简单至极的回应，似乎是对我们小时候所有喜怒哀乐的概括。

可能是城乡之间的鸿沟，已经超出了地域的实际距离。环境与观念的沟壑，似乎在城市和乡村之间永远难以填平。

天真无邪，终究抵不过世俗环境的打磨，我们曾经形影不离，甚至一起盘腿坐在炕头玩闹，如今却只剩下回忆。那时候的小伙伴，他们如同一朵朵美丽的七彩云，飘浮在我童年记忆的天空中。

你在我的记忆深处

那片宽广无垠的麦田,
随风如海浪般起伏。

总是希望能够在阳光下、麦浪中,找到那个年少的自己,
找回那段消逝了的时光。

蓝天、白云、绿树、麦田，
　　构筑了童年的全部。

　　　　那时候，
目之所及，都是自己童年的乐园。

总能忆起老家的雨季，瓦檐下不时落下汇集的雨水，
像挂着的一串串珍珠。

豆大的雨珠砸在阶前的水槽里，泛出的水泡浮在水面，
整齐地向远方"游"去。

那深蓝深蓝的天空,
只有远看,才能发现它的美。

那久远久远的过去,
只有回忆,才能体会它的真。

那时日夜

> 其实,后来我才悟到,人终究无法跑赢时间,和时间赛跑,我们终究会输。给长辈最好的礼物,其实就是陪伴,就是不论你有多忙,不论你身在何处,也能在长辈们需要的时候,送上一声问候、一阵寒暄、一场倾诉、一个拥抱!

1

我坐在机舱内，望着远处夕阳映衬下深圳林立的高楼剪影，高高低低、起起伏伏，仿佛是自己四年来在这座城市生活的轨迹。机舱里的工作人员，如往常一样微笑着，耐心地一遍一遍为乘客讲解安全注意事项。隔着机舱的窗户往外看去，地面调度员及摆渡车穿梭在宽广的机场上，依旧如昨日一般忙碌着。一切是那么熟悉，和我初来这个城市时之所见别无二致。

飞机起飞了，我最后看了一眼那个熟悉的城市。机舱外，华灯初上，点点灯光延伸向远方，更远处，是那一望无际的深邃的大海。我靠在椅背上，闭上了眼睛。眼前各种明暗光影相互交织，仿佛绘制出了自己这么多年来经历的一幕幕的全景图。这图景里，不光有我，更有我远在千里之外的亲人们。

我小时候经常和爷爷奶奶住在一起，后来上中学了，学习的任务重了，也就很少回去了。寒暑假不是补课，就是做不完的作业，渐渐地也和老家很多儿时的伙伴少了往来。再后来，上了大学，更是每逢节日才回去一趟，和爷爷奶奶唠唠家常，听听爷爷给我讲述民国时期、抗战时期的故事。爷爷对那时的人和事如数家珍。毕业了，我去了深圳，一去就是好几年。一年见父母一次，一年见爷爷奶奶一次。

在外辗转了四年的我，终于回到了老家，回到了我记忆开始的地方。

  我的老家在城东，离西安市区约有20公里。我回去的那段时间，恰逢那里大规模地进行基建。耸入云端的塔吊，来来回回地忙碌着，挖掘机、拉土车，更是忙得不亦乐乎。那条笔直的大道，成了这些"大家伙"的专属赛道，时不时地上演速度与激情，风一般驶过去，激起尘土无数。两旁的树木，也都在高楼拔地而起的过程中，日渐披上了土灰色的"新装"。

  小时候绿油油的麦田，已经变成了宽阔笔直的柏油路。那时候回老家必走的那条乡间小路，如今也没了踪迹。路两边偶尔会有岔路口，通向深处的小村落。村口的孩子们习惯了这样的环境，三三两两地聚在一起玩耍。那些村里的大人们，多是一些上了年纪的老人，看着这个车来车往的时代，期待着自己的生活环境能够沧海变桑田。有些路边的房子，墙上都写上了大大的"拆"字，用不了多久，这些都将成为历史。

  那个给了我很多美好回忆的地方，快要拆迁了。远处的村口已经动工了，庄稼地没有了，换来的是一栋栋漂亮的别墅。我刚回老家时，那里的别墅还只是一个个木架子，只有一个雏形，从我回来后，每天上下班都经过这片别墅区，看着它们一天天"长大"，一天天变漂亮。周边很多高楼拔地而起，其间还有公园、高尔夫球场。如果爷爷能够看到，一定会非常高兴的，因为老家变了，变得美丽了。

我工作的地方，正好离老屋很近，走路也就15分钟的路程。所以，老屋在这个时候就成了我的大本营。住回老屋，住回童年的乐园，这对于刚从深圳回来的我而言，那是相当具有吸引力。奶奶那时候已经不住老屋了，考虑到她老人家的生活便利性，父母给奶奶安顿了一个住处。那里上街买东西方便，而且冬天里有暖气。

老家的房子其实有一阵子没有住人了，我回到家乡后独自住了进去。

那天，当我拎着一大箱东西站在大门口时，仿佛是站在了一个通往童年的时光隧道的入口。走过这扇门，也许就能够看到消逝的昨天。

之前的灰色木门已经换成了大大的涂满红漆的铁门，两个碗口大小的铁环旁，分别是秦琼、敬德的画像。还记得小时候，这里还是矮小的木头门，在大年初一的早上，我和爷爷把刚刚买回来的秦琼、敬德画像贴在院门上。两个看起来英气逼人的门神，给人一种威严的感觉。

这两张画像让我想起了当时和爷爷的一番对话。

"爷爷，为什么要贴这两个人的像？"

"这两个人可厉害了，贴上去，保佑全家平安！"爷爷背过手，端详着贴好的画像。

"很厉害？"我歪着头问。

"是啊!"爷爷笑了。

"他们俩和关羽比呢?"

"你觉得谁更厉害?"爷爷反问道。

"关羽过五关斩六将,青龙偃月刀八十多斤天下无敌,肯定是关羽厉害!"我得意地望着爷爷。

"哈哈!好,是关羽,关羽最厉害!"

此刻,当我再次站在两个门神面前时,我真想许下一个愿望,愿老家的人们都能幸福。爷爷已与我天人永隔,我愿他老人家在另一个世界一切安好!

大门左右两边墙上曾经崭新的红底黑字的对联,已经被岁月吹起了"皱纹",在风吹雨淋下褪了色,上面的字迹,也在时光的变迁中失了棱角。

院子里除了茂盛的杂草以及满地的落叶,几乎没有太大的变化,阳光透过葱郁的桐树,向院子里投下影影绰绰的光斑。在屋前略显稀疏的藤叶的衬托下,老屋更显老了,有了岁月的痕迹。

当年,就在这个老院子里,每天清晨,都会回响着爷爷晨练的脚步声;当年,就在这个老院子里,奶奶为已经淋成落汤鸡一般的我遮风挡雨;当年,还是在这个老院子里,全家老少会定期齐聚,"觥筹交错",欢天喜地;然而当我多年后再次推开已经涂满红漆的大铁门时,迎接我的,是静寂的花草,是沧桑的老屋,是自己孑然一身地伫立在院子里孤单的身影!

我将院子认真地打扫了一遍,将其中的一个房间整理出来作为自己的卧室。那是爷爷当年读书看报的房间,也是曾经放着他的那架珍贵的风琴的房间。我选择这一间,是想再重温和爷爷在一起的感觉,这里的每一个角落,都有我的回忆,都有爷爷的"影子"。

2

上班的地方当时还比较荒凉,一排马蹄形的活动板房就是主要的办公区。从二楼走廊隔着栏杆可以看到整个大院子,像极了我小时候住的家属院的格局,让我有种"回归"之感,顿觉亲切。

我第一次踏上办公区活动板房的楼梯时,仿佛自己的体重超重,每一步都会给整个办公楼带来震颤。站在二楼的走廊里,放眼望去,目之所及,一马平川,近乎人迹罕至。唯有零星的村落点缀其间,有了些许生机。与公司外面的空旷和扬尘比起来,办公室里的环境则略显得好些。

"这和我在深圳的高档CBD(中心商务区)写字楼里,完全是两种人生嘛!"我倚靠在二楼办公室门前的栏杆上,向同事小陈"抱怨"道。

"别看这地方荒,未来前景可大了。我们村现在家家都在盖房,都等着拆迁呢!"小陈嚼着嘴里的零食,望着远处的村落,眼里流露出期盼的目光。

"快到你们那里了?"我来了兴致。

"快了,你能看到的这一片地方,将来都会被征走。咱只要静等拆迁,money(钱)就哗哗地来了!"说着,他情不自禁地笑了。

"那是你,我可没有那么好的运气。"我摆了摆手。

"告诉你吧,我表哥家已经拆迁了,拿了补偿款,现在自己开公司了!"小陈神秘兮兮地小声给我说。

"土豪啊,下一个就轮到你了吧?"我打趣道。

"希望吧,这事情要讲究缘分的!"小陈挤了一下眼睛。

我禁不住笑出声来:"好吧,这个都要讲缘分,看来是否富贵命,早由天注定!"

小陈做了个"嘘"的手势,又变得低调了许多。

小陈在军校学的外语专业,如今在公司做起了财务工作。这种跨界与混搭,正印证了那句话:"没有做不到,只有想不到!"

看着他有点儿土里土气的样子,真的很难将其与外语专业画上等号。印象中,操一口流利外语的,都应该是往返穿梭于不同国家的同声翻译,或者至少都应该是西装笔挺的外企白领才对。反观这位仁兄,左一句"俺们村",右一句"俺乡党",着实令我侧目。

那时,我的办公室在二楼,每次走起路来,都"咚咚咚"直响,整个楼板都在跟着颤抖。我真担心自己所在的位置随时会在这样的"地震"中沦陷。幸好,这样的事情一直都没有发生,时间一长,我也就习惯了。后来我居然可以通过声音发出的方位和大小,精准定位出声音的发源地以及可能发生的事情,有客串一把福尔摩斯的感觉。

"砰!"一声巨响,随后一阵沉闷的脚步声由近及远,那一定是综合部的老黄出了办公室,顺手关了房门到隔壁的水房接热水泡茶喝呢!

板房拐角处的楼梯发出一阵急促的脚步声,步伐轻快,那一定是总经办秘书又将一大摞文件拿给总裁签署呢!

"砰!"又一声清脆的门声……

一年后,我换到了新的办公室,宽敞明亮,让我坐得安安稳稳,然而我倒是总觉得少点儿什么似的,估计是少了那些来来往往的熟悉的脚步声吧!像极了爷爷当年对风琴的痴迷,脚踩踏板,手弹琴键,行云流水一般,只是在我的电子琴上,完全乱了方寸！

公司有一个商业地产项目即将销售。有一天，小陈跑来对我说："今天住你家吧？明天早上6点要准时开始收款了。"

"好啊，不过条件比较艰苦，如你不嫌弃，我们今晚就下榻在我家。"我开玩笑地说。

"哈哈！不嫌弃，你老屋条件肯定比我家好多了。"

"好，眼见为实，不准反悔。"其实我还真期待老屋的夜晚能够更加热闹一些。

当我推开院门的时候，小陈脸上浮现出惊异的表情。

"没错，现在后悔还来得及！"我笑着说，"其他都好，就是用水不方便，冬天会比较冷。莫非，你打算在我这里过冬不成？"

"比我想象的好多了！Perfect!（完美）"小陈比画了一个胜利的手势，同时不忘炫耀一下自己的专业。

那晚我们睡得很早，第二天还在睡梦中的我，就被他叫醒了。时间正好是清晨的5点30分，月光将整个院落照得通亮，仿佛一层皑皑白霜。

当我们步行到公司，那里已经可以用人山人海来形容了。

"还有比我们来得更早的人？"我难以想象那种场面。

"不是比我们来得早，是这些人几乎就是等了一夜！"小陈明显对这些已经见怪不怪了。

收款开始了，每个客户都会说明他们的购买意向。客户们都争着刷卡，生怕自己看中的商铺被买走了。

"赶明儿，你们村儿拆迁了，你也在这里刷卡买上一套商铺。"我开始拿小陈开玩笑。

"那且等了，一套商铺金额不低啊。不过总的来说，这些客户都是我的奋斗目标。"小陈一句质朴的话，让我突然间蛮感动。

"先生，你要买哪一套？"小陈接过一个中年男子递过来的借记卡问道。

"你们的7号楼我看还没有售出，这一栋，我全买下来！"中年男子平静地说道。

看着对方一脸的平静，我们两个从那一刻开始，心情却久久未能平静下来。

为了能够保质保量地完成工作，小陈那几天都是住在我老家。他虽然专业性不强，但是，他总是能够专注地完成手头的事情，用自身看似并不强的能力，给人出乎意料的好结果。

果不其然，年终的时候，公司评选出来的优秀员工里，就有他。他，让我看到了一个朴实的乡村孩子，在自己的职业生涯中，一步一个脚印努力的过程。我真心为他高兴，为他鼓掌。

3

随着时间的推移,交稿子的时间逐渐临近,那段时间我每天下班都会赶稿子。

"嗨,你在写什么呢?"小陈不知何时溜进了我的办公室。

"改稿子啊!"我打了个哈欠,伸伸懒腰。

"天天晚上都这样,是不对的。你要多给自己留出休闲和娱乐的时间,这样,生活才丰富多彩嘛!"小陈一本正经地说。

我没想到,工作上的拼命三郎,竟然也在这个时候提到休闲和娱乐。

"不是吧,莫非你的意思是,我太拼了?"

"哪里啊,我很羡慕的。我知道,这个时候让你能够轻松的事情,就是赶紧把这稿子改完。我该下班了,你改吧,有需要我帮忙的地方,吱一声就行。"

"好,如果要加一个高大上的英文前言或者摘要,这活儿就交给你了!"我笑嘻嘻地看着他。

"快别,我这小把式,糊弄糊弄俺村人还行。"说着,小陈哈哈笑了起来。

"那也比我这个外语半吊子强啊!"我又一次被他的实在

和朴实打动了。

小陈把羽绒服拉链拉到最高，走出了办公室。随着一声轻轻的关门声，办公室里只剩下我一个人了。

从夕阳西沉到皓月高挂，从公司大巴车发动机的嗡嗡声到加班狂人老黄沉闷的脚步声渐渐远去，我一直沉浸在自己的文字世界里不肯离去。最后，漆黑的夜里，唯有我的孤灯在闪烁。几乎每次离开都在晚上11点半，时间久了，自己都已经成了门房老大爷的报时器。

有一天晚上，我还在办公室里奋笔疾书，外面已是电闪雷鸣，"轰隆"声一阵接一阵，整个板房都在"战栗"！眼看着大雨就要来了，我关掉灯，锁了门，快步往家跑。出了办公区，没有了办公室的灯光，眼前简直是伸手不见五指。茫茫的麦田沉睡了一般，眼前的村庄也近乎消失。我打开手电，顺着那条熟悉的路往回走。不一会儿，豆大的雨珠噼里啪啦地砸下来。我抽出包里的一份旧报纸当雨伞，快步往回跑。

经过村口，每家每户均是大门紧闭，整条通往村里的大路静寂无人，没有路灯，漆黑一片。只有头顶偶尔的一道霹雳闪电，方能将整个路面短暂地照亮。

终于在自己还未完全淋湿的时候，我跑回了老屋的大门房檐下。我准备开门，钥匙掏出一半，猛地发现门是开着的，不禁倒吸一口气。我愣了几秒，慢慢地推开虚掩着的大铁门。夜雨里的铁门冰冷冰冷的。

老屋里我的房间窗户透着昏黄的亮光，一个人影清晰地映在了窗户上。我顿觉一股暖流流经周身。那身影如此熟悉，熟悉得让我湿了眼眶。

"爸！"我走到屋里，轻轻地唤了一声。

父亲停下了为我整理被褥的双手，转过身："怎么这么晚？一直打你电话，都关机！"

"哦，我手机没电了！爸，怎么这么大的雨，你还过来？"

"我和你妈都不放心，天气转凉了，这么大的雨，你妈给你整理了几件衣服让我带来。"

我看到了床角整齐地放着一摞厚衣服，都是我爱穿的。看着那摞母亲为我悉心准备的厚衣服，我想到在我外出工作的几年里，母亲常常由于挂念而夜里失眠。想着想着，我有点儿哽咽了。

母亲的愿望很简单，希望我吃饱穿暖，平安健康。

那天夜里下着细雨，父亲帮我把最后的一床被褥铺好后，开着车离开了老屋。他虽然不赞成我的选择，但是还是很尊重我的意见。那晚，父亲的车灯在夜幕中格外地亮，细细的雨丝在夜色里如闪亮的流星，在车灯前快速划过。当父亲的车灯渐渐消失在雨夜里，我明白，自己的前路，就如同那漫漫雨夜，充满着曲折，但我必须追寻自己的内心。虽然眼前漆黑一片,但我还是要一如既往地走下去,就像那穿行在雨夜里的车灯……

时间过得飞快,转眼之间,冬天就来了。

天气愈发寒冷,雪还未下,未及隆冬,我还是换上了厚厚的棉衣。整个屋子里,除了夜晚睡觉时开着电褥子的被窝,其他地方都是冰冷冰冷的。晚上打开电脑,敲几下键盘,双手已经冻得不听使唤,敲出的错字不断。我只能通过不停地吃零食和喝热水来保持自己的能量和温度。

由于老屋长期不住人,诸如暖气之类的设备是没有的,连生火的炉子,也由于蜂窝煤的短缺而成了摆设。那唯一能在睡前给我温暖的喝水杯子,也不幸地在热胀冷缩的摧残下裂开了缝。倒得满满的一大杯水,不一会儿就流得所剩无几,顺着桌子腿渗至地面的砖缝里,没了踪迹。

这我哪里能忍!口袋里的钱便也顺势"捣鼓"着我的钱袋子,个个蠢蠢欲动,我便心领神会地随了它们,换来的塑料杯一个比一个高大,一个比一个抗摔,然而在大自然的面前,它们还是个个遍体鳞伤,纷纷低下了自己"高贵的头"。

这还不算最坏,最坏的是灶房存水的大水缸,里面的水结成了冰块,将好好的一个大水缸撑裂了。有一天,当我下班回到老屋时,水缸底部渗出的水已经漫至院子中央。

自己在老屋的那段时间，终于见证了大自然的威力，也终于体会到了乡村生活的不易。爷爷奶奶当年也就是在这样的环境下，养育了那么多的儿女。想到这里，我内心有了一种深深的敬佩和感动。

4

终于还是耐不住严寒，我从老屋搬了出来，和奶奶住在了一起。虽然距离上班的地方远一些，但是，整个屋子暖暖和和的，在寒冷的冬天，给人一种很温馨舒适的感觉。

奶奶的生活很有规律，早睡早起，而且吃什么、不吃什么，也都有讲究。毕竟，上了年纪的人，身体是第一位的。

虽然奶奶的住处离我上班处有着整整40分钟的车程，不过，和严寒相比，这也算不得什么。每天清晨，我都要步行穿过一条大街，才能赶到班车的停靠点。

有一次我去上班，依旧是在天微亮的时候穿过那条街，那条我走了成百上千次的街道。两边的店铺还未开门，偶尔从门店的缝隙里透出淡淡的光来。猛然间，前方传来了似曾相识又觉遥远的歌声。

"五星红旗迎风飘扬,胜利歌声多么响亮……"熟悉的旋律由远及近。我仔细向前看去,只见一辆军用绿皮卡车从熹微的晨光中跃出,向我驶来,车顶还有一个大大的红色五角星。

我停下脚步,欣赏着如同电影一般的"幻境",仿佛自己穿越了时空隧道,回到了新中国成立初期的如歌岁月。

那条大街每逢周末,便成为一个人山人海的集市。

说起集市,那可算得上是地方的特色。每逢周日,周边的生意人都会聚集起来,把整条街道挤得水泄不通。很多经过的公交车在周日那一天都会改道而行。

奶奶肯定要在周末去集市上走走看看。对于她老人家而言,这样的赶集,就像当下年轻人的逛街一般,成了一种习惯。其实,一圈儿转回来,也没有买什么东西。

那集市上真可谓琳琅满目,应有尽有。奢侈品是谈不上,不过日常用品是一应俱全。人们摩肩接踵走在其间,似乎有一种要去朝拜的感觉。熙熙攘攘,叫卖声、吆喝声、车铃声,声声入耳,汇成一曲特有的地方曲目,在每个周末接连上演,仿佛现代版的《清明上河图》。

除此之外,奶奶还爱听秦腔,这就像极了今天年轻人对流行音乐的痴迷。每天下班回来,未及家门,便能远远地听到从屋里传出的秦腔的声音。奶奶很是准时，每到晚上7点钟，就会坐在电视机前看秦腔节目。后来，我还给奶奶买了很多DVD光盘，让她不受时间的制约，随时可以看。有时候，我还和奶奶一起看，时间一长，奶奶喜欢的《沙家浜》《狸猫换太子》等剧目，我已对里面的桥段耳熟能详了。

陪奶奶听着秦腔那响亮的、铿锵有力的声音，我就想起童年时老家附近的麦场。麦场就是村子里面的很大一块空地，平时都是孩子们的天地，在收麦时节，那里就会堆积很多麦秸秆，麦垛一个一个的，一派丰收的景象。

麦场会定期举行"演唱会"，那是奶奶的必看节目。"演唱会"的消息通过街口三三两两的人传进院子里，奶奶这个忠实的"粉丝"必定按捺不住，利索地收拾完家务后，就会带着我去麦场。

说是演唱会，其实就是露天的秦腔现场演唱。浓妆艳抹的人在台上吹拉弹唱，底下的观众们时而会发出爽朗的笑声或者雷鸣般的掌声。大人们几乎每个人都从家里带来一个小板凳，而一些调皮的男孩则不然，他们席地而坐，不管能否看懂里面的桥段，也随着大人们一起笑着。麦场边高高的麦垛上，也坐着一些捣蛋的小男孩，他们居高临下，看得津津有味，似乎恨不得把每一句唱词都记下来。

那段时间，奶奶为我做早饭，每天早晨，我都是伴着她的饭香味儿醒来的。洗漱完毕，用完早餐，我便精神抖擞地去上班。到了周末，我也会做几个刚刚学会的菜品，给奶奶一展身手。虽然是现学现做，但是吃着自己的劳动成果，心里还是美滋滋的。

不论我做什么，奶奶都说好吃。这样让我做了几次就信心大增，感觉只要勤动手，大厨的水平似乎离我也不遥远。说实话，后来我才明白，我真的是不论做什么，奶奶都说好吃，因为在她的心里，孙儿能够给她做吃的，早就是大厨级水准了，她不会苛求太多。不过，要说大厨级的水平，奶奶可是够得上的。她做的石头馍，每次都让我吃得停不下来。有一次，我跑进厨房，看到了奶奶制作的全过程。她揭开锅盖，从墙上拿下一个布包，里面装满了乌黑发亮的石头。她把石头铺满在半熟的面饼上，撒上一些调料，继续烤了起来。

石头馍香脆可口，凹凸不平的表面，镶嵌着各种调料。只要咬上一口，就会回味无穷。在我和奶奶一起住的那段日子里，吃着那香脆可口的石头馍，嚼在嘴里，就嚼出了童年的味道。

和奶奶住在一起以后，我白天上班，晚上陪她老人家。每天早晨我是天不亮就出门，夜晚更是在夜幕降临时分才推开房门。奶奶耳朵比较背，如果我哪一天忘记了拿钥匙，那在外面叫门可是要费一番功夫的。如果赶上她在看电视，那无论在外面如何扯着嗓子喊，都无济于事。好几次，我吼的声音连楼上的楼上都被惊动了，奶奶依旧听着令她着迷的秦腔。不过，这个时候我就会使出"撒手锏"，那就是用我的手机拨通家里的电话。因为奶奶耳背，家里的座机电话已经将铃声调至最大。每次我只要拨通电话，屋里头"丁零零"的电话铃声像是有一种穿透云霄的神力，从家里透过墙壁传了出来。听到那刺耳的铃声，奶奶方才拿起座机话筒："喂？"

这个时候，我就明白，已经大功告成了。不出一分钟，奶奶准保会打开房门，我的"困境"也就会顺利化解。

奶奶虽然年事渐高，但是还能够穿针引线。每逢午后的阳光洒在阳台上，奶奶就会坐在方凳上，取出针线盒，一针一针地纳着鞋垫，纳着为我们一大家人准备的礼物。我结婚的时候，奶奶还特意将精心纳好的鞋垫用红色丝带扎好，作为我的新婚礼物。礼物虽轻，但用意深远，奶奶希望我走好人生的每一步路。

我第一次将妻子带到奶奶家时，奶奶开心地从柜子里取出一副自己珍藏了多年的手镯作为见面礼。我跟父母打趣道，原来奶奶还有这等压箱底的宝贝啊。

看着奶奶拉着我妻子的手，两人相谈甚欢时，我真的是被那种温馨的场面感动了。

还能想起来,当我的第一部书出版后,我兴奋地拿给奶奶看。

"好!好!"奶奶拿着书,激动得不停地只说这一个字。我则搬着小板凳坐在她的身边,翻开书,从前言部分一字一字地读给她听。奶奶其实听不懂,但我还是认真地读了下去。我知道,从我的一字一句中,奶奶会听出更多的东西。临走前,我将那本书留给了奶奶,奶奶高兴地收下了。我想,也许,那是我当时能够送给奶奶的最珍贵的礼物吧!

2015年,我的第二本书即将出版。那时候,我每一天几乎处于满负荷状态,白天上班,晚上回家改稿子,真的是在和时间赛跑。

我还记得那是2015年的12月16日,那天晚上出奇地安静,我把自己关在房子里,只能听到手指敲在键盘上的噼噼啪啪的声音。稿子进入最后的攻坚阶段。突然间,电话铃声响起,让我猛地一下仿佛从梦中惊醒一般。稍稍平复后,我接通了电话,那是父亲打来的。他从奶奶的住处打了过来。

"爸,什么事儿?我这边正在写东西,剩最后一部分了!"我带有点儿埋怨的腔调。

那边没有声音。

"喂?爸?能听到吗?"

依然没有声音,但是我能听到话筒那边沉重的呼吸声。

"爸!您没事儿吧?怎么了?"我的心沉了下来。

"写完了吗?"父亲平静地问我。

"没事儿,您说吧!"我焦急地说。

"你奶奶走了,大家都陆续往过赶,你过来吧!"父亲的平静中开始伴着哽咽。

那一刻开始,我的眼前开始泛白,电脑屏幕开始变得恍惚,耳朵里似乎在嗡嗡响着。

如果我早些知道,真恨不得再写得更快些,让我能够提前将第二本书拿给她,作为孙子送给她的第二份礼物。我的手不知道该怎么去敲键盘,脑子里也混乱得没了头绪。

挂了电话,我收拾好东西,走出了房门,心情沉重得似乎都能看到天空中的"雪花"。奶奶和我一起住了大半年,而要再次重温那样的时光,只能是一辈子的奢望了。想到这里,我不禁湿了眼眶。

家人们齐聚在奶奶的住处了,只是,没了往常的笑容。我总觉得有一块巨大的石头压在我的心头,想哭,想喊,却都显得那样地苍白。

"奶奶呢?"我问父亲。

"已经在殡仪馆了。"父亲说道。

"这……"

"你还能见到你奶奶，我们都要一起去。"父亲安慰我。

我转过身，面向阳台，又看到了阳光下那个小方凳，上面还有奶奶为我纳了一半的鞋垫。

小时候，也是这样的场景，那次，我失去了外婆。当时，我还是一个懵懂的孩子，还以为外婆会很快醒过来，抱着我玩耍。多年后的今天，也是同样的场景，我失去了奶奶，只是这一次，我知道，我既等不来外婆，也无法让奶奶再次回到我的身边。那个洋溢着我和奶奶欢声笑语的房间，曾经是我心灵深处的"世外桃源"，如今再也寻不着那个一直疼爱我如珍宝的身影了。

后来我才明白，人终究无法跑赢时间，和时间赛跑，我们终究会输。给长辈最好的礼物，其实就是陪伴，就是不论你有多忙，不论你身在何处，也能在长辈们需要的时候，送上一声问候、一阵寒暄、一场倾诉、一个拥抱！

童年是什么？童年就是有奶奶的日子，就是能依偎在奶奶身旁，尽情玩耍的时光。

多么希望时光能够倒流。

当我推开老家那扇涂满红漆的铁门时，能够看到那满园的月季，茂盛的葡萄藤，还能够看到奶奶那笑盈盈的脸庞，一边拉风箱，一边继续为我讲述那个令我百听不厌的故事。

奶奶，您走好，您就要和爷爷团聚了。祝你们在天国永远幸福！

你在我的记忆深处

小时候,总是想象大山那面是什么;
长大后,真的去了山的那一面,却时常会想起山这面的故乡。

水珠划过指尖是须臾，
浮萍池中荡漾成岁月。

你在我的记忆深处

雨季来了,水面泛起层层涟漪,像思绪,
无声地向远处扩散。

老家的冬天，
总能见到这样的冰锥。

那年梨树下

> "印象中,那棵梨树一直是那么高大,那么挺拔,枝繁叶茂,硕果累累。它就像是我们成长的'见证人',看着我们由一群嬉闹的孩子,逐渐长大。它是我们孩提时追逐嬉闹的地方;它是我们长大后假日夜晚促膝长谈的地方;它,更是我们很多年后,共同回忆开始的地方……"

1

蹦蹦车摇摇晃晃地经过了那条河,驶过了那座桥,停靠在了路边的一个小商店旁边。母亲跳下车,转过身双手夹在我的腋下,将我从车上接了出来。我拍拍身上的灰尘,接过了母亲手里的包裹。又有两个人上了车,坐在了我和母亲之前坐的位子上。车开走了,随着一股刺鼻的柴油烟味,逐渐消失在远方,泥泞的路面上,留下了三道长长的车辙印。

"妈妈,咱们给外公再买点儿点心吧!"我扯了扯母亲的衣角,指着街边的小商店。母亲笑了:"好啊,你来帮外公选几样他喜欢吃的。"说着,母亲带着我走进了店里。

店铺里面并不大,屋顶的三叶式吊扇不停地转着,嗡嗡声中,带来丝丝凉风。地方虽小,但是货架上的货物品类齐全,在当时,基本上我们日常所用的东西都能够买到。正所谓,麻雀虽小,五脏俱全。

我快步跑到高高的玻璃柜前,看着各种形状的点心,指着外公喜欢吃的"德懋恭"[①]水晶饼。商店老板人很好,也认识我,他小心地将点心夹出来,用牛皮纸整齐地将点心包好,从头顶悬挂着的一卷纸绳中抽出一截,为我们精心绑好并递给

---

① 德懋恭:中华老字号,德懋恭食品商店创建于1872年。

我，我则踮起脚，双手接过了这包即将送给外公的礼物。

小商店旁边有一个大土坡，两边开着各色的花，顺着那个大土坡上去，遮天蔽日的国槐树形成了一条美丽的林荫路，走过去，数到第五家，就是我外公的家了。木的门，土的墙，墙边依次堆放着高高的玉米秆。那里就是我在外公家故事的开始，那扇木门后面，有我的外公、我的外婆，有我无数个梦里梦见的昨天。

外公家住的是窑洞，典型的陕北民居的风格。窑洞里冬暖夏凉，是天然的温度"调节器"。窑洞的前面是一个很大的院子，我小时候还很认真地用自己的步伐丈量过，从街口走到窑洞口，一共五十步。

外公家院子里种了很多树，槐树、枣树、梧桐树、香椿树以及梨树。给我印象最深的，就是那棵梨树！我不知道它在院子里已经矗立了多久，印象中，它一直是那么高大，那么挺拔，枝繁叶茂，硕果累累。它就像是我们成长的"见证人"，看着我们由一群嬉闹的孩子，逐渐长大。它是我们孩提时追逐嬉闹的地方；它是我们长大后假日夜晚促膝长谈的地方；它，更是我们很多年后，共同回忆开始的地方……

外婆去世得很早，在我刚刚有记忆的时候，外婆就离开了我们。我依稀记得那天快近晌午，院子里聚了好多人，都穿着白色的衣服，头上都戴着白布。还有些人陆续从街上进入院子,边走边哭。妈妈和小姨将我引到窑洞的炕边,外婆就静静地躺在那里。我当时还太小,还不知道外婆为什么不起来抱着我和我说话,陪我玩耍。我至今只能清晰地记得小姨当时说的一句话:"元儿,你再好好地看一眼外婆,以后,你就再也见不到了。"我当时鼻子一酸,一时语塞,但我还是相信,外婆很快就能醒过来。然而,外婆最终再没有出现在我的世界里。这就是我对外婆的印象,少得可怜,她的音容笑貌,我也只能从留存的少量的黑白照片中去回忆和想象了。

从那时候起,外公一直是一个人生活。日出而作,日落而息,辛劳地耕种着靠近河边的一亩田地。

每当我推开那扇木门,就会大声地喊着外公。

外公听到我的声音,高兴地应和着,俯身从院子尽头的窑洞里走出来。那时候外公喜欢穿一双黑色的布鞋,走起路来,异常地轻快。

我顾不得洗手,将点心放到外公的桌子上,便一溜烟地跑到鸡舍旁,看那些"好伙伴"去了。

那段时间,每当回到外公家,我第一件事就是跑到灶房旁的鸡舍去拾鸡蛋。当我俯身看到里面又多了几个鸡蛋的时候,那种欢喜真是无以言表,旋即伸手拣了出来,剥去鸡蛋表皮的麦秸,钻进灶房拿给母亲看。那欢喜劲儿,仿佛在向母亲炫耀自己的又一大发现。外公则从窑洞的炕上扭过头来,面带笑容:"好,今天咱们又有好吃的了!另外那边的不要取,过几天就有小鸡孵出来啦!"

从灶房出来,我的脸上不知何时已经抹上了灶台上的炭灰。在母亲的叮嘱下,我走进外公的窑洞,从墙上镜框旁挂着的竹竿上取下毛巾,擦擦自己已经变花的脸。

外公的炕边儿上用泥坯塑了一个小台子,上面放一些他的日常用品,比如喝水杯、旱烟袋以及火柴之类的小零碎。最能引起我兴趣的,还要数外公的旱烟袋。我经常能够看到外公抽旱烟时那一套制式化且娴熟的动作。

外公首先会双脚交叉在炕沿儿坐定,拿起旱烟袋,将烟锅往小泥台上"当、当"地敲两下,弹掉燃过的烟灰。之后会从烟袋里捏出一小撮烟叶,放进烟锅里并用大拇指压实。紧接着划着一根火柴,点着烟叶,同时悠然地咂吧咂吧旱烟袋的烟嘴,烟锅里的烟叶顿时变得火红火红的,袅袅的烟圈变换着各种形状,徐徐上升。小时候的我对外公的旱烟袋很是着迷,会趁外公不留意,悄悄拿起旱烟袋在嘴里吸一口,很冲的烟味让我忍不住咳嗽。呦,原来外公喜欢这个味道!

外公并没有上过几年学,但是坚持看书,床头总是摆放着各种名人传记。每当我们回去,他总会拿出书来,问我母亲某个字怎么念,某句话是什么意思。长此以往,外公对历史、时事政治了解得比我们还多。当母亲做完饭,端到窑洞的桌子上，大家一起吃饭的时候，母亲会习惯性地问："大②，最近国家有什么大事情没有？"此时，外公会打开话匣子，给我们娓娓道来。

饭后的担水"任务"，那时似乎成了我的"噩梦"。现在想来，那确实也算是我们这些远离乡村的孩子们的"通病"了。

当母亲将扁担递给我时，我的内心还是小有一番挣扎的。第一次担水时，肩膀钻心似的疼，一想起当时的感受，我就会不由得打一个寒战。

"莫非这一次又要让我挑水？"看着母亲摆弄着扁担，我的心里直扑腾。果不其然，母亲把目光转向了我。

"好了，好了，我知道了。不就是两桶水嘛，还难不倒我！"当母亲又要给我长篇大论、讲述大道理时，我就抛出了这句将自身置于"万劫不复"境地的豪言壮语。

当我将两个空铁桶挂在扁担两头，往肩膀上担的时候，那个重量已经让我吃劲不小了。我和表弟、表妹们一起将水从井里绞了上来，辘轳吱呀吱呀地响着。不一会儿，两桶水满满地摆在了井沿旁，我用扁担钩钩住前后两个铁桶，蹲下身，扎个马步，将扁担放到肩膀上，双脚使劲一蹬，那个重量至今让我记忆犹新，好像是身上压了座五行山一般。我踉跄地走了两

---

② 大：陕西方言，是父亲的俗称。

步,肩膀疼得让我不得不停下来。鬼知道,如果我一直这么担着走回去,我的个子会不会至今就停留在十四岁那年的身高!还好,办法总比困难多,我扔掉扁担,左手右手各提一桶,憋足了劲儿,咬着牙,一口气将两桶水提了回去,倒进了大大的水瓮里,长长地舒了一口气。

外公家有一棵大枣树,待果实成熟之际,会遍布树的每一个枝杈。仰头看去,一颗颗红彤彤的大枣,从绿油油的枝叶里露出并垂了下来,让人甚是喜爱却又高不可攀。

外公会给我们一把长长的铁钩,让我们进行"收割"。这与其说是一项任务,倒不如说是我们的乐趣所在。自然地,这比去井边挑水容易多了,不用感受那"泰山压顶"的沉重,而且还可以品尝果实的甘甜。何乐而不为呢?

不过,我和表弟们拿了长长的铁钩,高度却有限,大部分的红枣还都是高高地傲然立于风中摇摆。

一日,父亲也在,他想了一个办法,只见他挽起袖子,轻盈地爬到树上,在一个粗大的树杈处站稳,双手紧握树的两条枝干,使劲地摇晃起来。整个大树哗哗作响,就像狂风吹过整个树冠一样。几乎一瞬间,一颗颗浑圆熟透的大红枣,噼里啪啦像冰雹似的从树上落下,砸在地面上。那真是丰收的喜悦,捡拾到一颗颗硕大的红枣,似乎比考试满分还要令我兴奋。

当然，这还不是父亲的最高高度，枣树旁的那个高耸的电视信号塔，就是父亲的杰作，刷新了他在外公家达到的新高度。

当时外公家买了个黑白电视机但没有信号，父亲和几个姨父一道搭着梯子上到房顶架起高高的木杆，为外公家连上了信号。在天气晴朗的时候，信号塔会在高空中闪闪发亮，在很远的地方都可以看到。

不过，我印象中，一开始也就只有两三个频道可以收看。自然地，为数不多的电视剧，就会成为大家茶余饭后的谈资。

那时候，电视剧不及现在这般泛滥，一部《封神榜》便能够在晚上的黄金时段吸引几乎所有的人围坐在电视机旁，津津有味地观赏。而暑假一天五六集连播的《西游记》，能让我兴奋很久很久。

2

"霸王龙是最凶的恐龙吗？"小表弟问。

"是的，霸王龙是白垩纪晚期体形最为健壮的食肉恐龙！"大表弟回答道。

"剑龙背上有刺，和霸王龙比谁更厉害？"小表弟似乎知道挺多，继续问。

"剑龙食草，生活在侏罗纪晚期。按理说，它们两个是不会碰面的，但是从体形、咬合力上而言，霸王龙完胜剑龙！"大表弟认真地回答着。

"侏罗纪和白垩纪谁在先？谁在后？"

"远的不说，从石炭纪开始吧，这个属于古生代，往后是二叠纪、三叠纪，之后才是侏罗纪，下来才到白垩纪……"大表弟不假思索地回答道。

小表弟已经表现出了钦佩的神情。

我印象中，小表弟一直是胖乎乎的，笑起来嘴角便出现两个小酒窝，可爱极了。大表弟小时虽比小表弟高出几厘米，但身形相对单薄，如果打起架来，我真担心他不见得是小表弟的对手。不过大表弟有一个优点，那就是非常聪明，不仅对《十万个为什么》十分痴迷，而且看过的东西似乎就不会忘记。除此以外，他还非常善于观察，对周围的一切都充满了好奇。

外公家里养了很多鸡，我们小时候，那些憨态十足的小鸡是我们的"忠实粉丝"和玩伴。说是粉丝，其实一点都不夸张，我们只要手里拿着点儿好吃的，它们就会一窝蜂地凑上来，咕咕咕地叫个不停。它们兴奋的神态让我们忍俊不禁。当我们把食物轻轻一抛，画出一个优美的抛物线时，"粉丝"

们的脖子,也随着抛出的美食,画出一道道自己的魅力"曲线"!然后又一拥而上,摇摇摆摆地跑过去,开始享用一天的美食了。

"花鸡没有抢到,它总是谦让!"大表弟愤愤地说。

"你怎么知道?"小表弟好奇地回了一句,似乎并不能理解,究竟他的小哥哥是怎么发现这个的。

大表弟没有回头,盯着自己的"粉丝"继续说:"花鸡跑得慢,它还要照顾自己的孩子,喏,就是那只身上有斑点的小鸡。"说着,他指了指梨树下板凳旁那只娇弱的小鸡。

"我们单独给它和它妈妈一些食物吧,要不然它们会饿坏的!"小表弟鼓了鼓腮帮子,两个酒窝又出现在了胖乎乎的脸上。大表弟听他这么一说,站起身来,走过来附在小表弟耳边咕哝了一阵,小表弟的眼睛里顿时泛起了兴奋的光芒。

好主意总是能够让他们俩一拍即合,他们俩开始着手帮助"花鸡妈妈"了!

后来经过好几次,我才发觉,大表弟已经对外公家的十几只鸡的生活习性都了如指掌,比如那只花鸡平日总喜欢在树根附近觅食,那只小黄鸡每天总是第一个进窝休息,那只身高体大的白公鸡每天总是栖息在梨树上最高的枝杈上,那只斑点小鸡总是习惯跟在它妈妈身边,卖萌一般叽叽地叫着……

小时候的白天总是很长,玩耍总是那么尽兴。当我们的诸多"玩伴"开始陆续地飞上那棵梨树的枝杈准备休息时,我们就知道,白天即将结束了。

"鸡上树啦!"随着小表弟洪亮的声音响起,我们会一起聚在梨树下,看它们一个个有次序地展示着自身的振翅腾空技能,从地面,到树干,一步步地,最终舒服地栖息在属于自己的枝杈上。

我们会在临睡前,打着手电筒,学着外公的样子,站在梨树下,一个个地数着"粉丝们"的个数,生怕哪一个玩得太过尽兴而忘记了时间,忘记了归队。

一只、两只、三只、四只……

点名完毕,我们确认当天没有"掉粉",才安心地回屋里睡觉了,同时,又急切地期盼着第二天的到来。

3

我和表妹及两个表弟四个人有一个共同的爱好,那就是探险。和很多小孩子一样,对外面有很强的好奇心。探险经常会挂在我的嘴边,由于四个孩子中我最大,一般是我一提议,三个"群众"进行民主表决。一旦提议集体通过，大家就开始整理"行囊"，整装待发。我们仨兄弟会每人手中拿一根木棍，既可防身，又是一种示威。表妹则文静得多，会先考虑考虑，之后再决定到底要不要加入我们这支队伍。

大人们每次在我们整装待发时都会说："注意安全，早点回来，按时吃饭！"是的，全都是"套路"，聪明的孩子早就背熟了，其实是左耳进右耳出。我们一边穿过院子往街上走，一边随口答应着。结果往往是玩得忘了时间，大人们在开饭前要亲自出来巡山一遍，喊我们回去吃饭。

外公家是在山坡上，再往山上走其实还有人家。从远处看，如同梯田一般，是一幅错落有致的乡村美图。山顶上面有一个洞穴，我们之前只是随大人一起路过那里，总是远远地张望，没敢进去。终于有一天，我提议，一起进那个洞穴看看究竟。结果没想到，大家都异常兴奋，拥护我的英明决策。令我吃惊的是，表妹这次也要加入我们的队伍。方案制订好以后，我们就在一个晴朗的午后，大人们已经开始陆续午休的空当，一起溜了出去。

外公家所在的那座山不高，更确切地说，是土塬，所以没用多久，我们就来到了那个洞穴旁。洞穴比较高，我们抬头只能看到一个半圆形的山洞，周围杂草丛生，半遮掩地让这个洞穴较为隐蔽。

"走吧，咱们今天要开始真正的探险了！"我走到边上的一条直通洞穴的小路上，扭过头来对他们仨人说。

咦？怎么没有动静呢？

当我激动地说完那番话后，他们三个却一动不动地站在原地，瞪大了眼睛看我。

"哥，我有点儿害怕了！"小表弟终于开口了，"我们能不能不去？"

这我哪里能忍啊！

"老弟，你这可不是一次两次了，老掉链子可不行的。"我以一个长辈的口吻语重心长地说。

"走吧，反正也没狼！"大表弟似乎鼓足了勇气，拍了一下小表弟的肩膀。

"对啦，我们四个人一起，人多力量大，有什么可怕的呢？表妹，你说对不对？"我顺着大表弟的话继续说，目光转向了表妹。

表妹在我和大表弟的怂恿下，终于点头了："好吧，我们一起走，不要走散！"

还是表妹更懂事，现在想来，我是由衷地感叹！

团队经过了一番思想斗争，达成了一致。我走在前面开路，表妹跟在我的后面，再后面是大表弟、小表弟。小表弟战战兢兢地跟在大表弟的后面，紧紧拉着大表弟的后衣襟，以寻求安全感。

　　坡较陡，土又松，我们的鞋底偶尔会打滑。手脚并用，我们四个人终于一起爬到了洞穴的入口处。这个时候才发现洞口真的很大，顿时一股凉气袭来，让人有种毛骨悚然的感觉。

　　我匍匐在土坡的草丛里，慢慢地抬头，往洞穴里面看。这一看不要紧，原来这个洞穴延伸到老远，一直能够看到洞穴的那一边，真是别有洞天！

　　"快上来吧，不用害怕，这个洞穴直通对面，说不定，我们可以穿过这里回家呢！"我这么一说，他们仨人紧张的表情顿时轻松了许多，手拉着手一起聚到了我的旁边。

　　当我们四个人鼓起勇气，手牵着手，在洞穴入口处站成一排，准备完成穿越时，多多少少，还是带有一些"悲壮"的色彩。

　　一步、两步、三步……我们终于迈出了踟蹰已久的步伐，四个人凑在一起，缓缓前行。洞穴里光线昏暗，潮湿且阴冷，两边的墙壁均呈规律性的圆弧状，像波浪一般，延伸至远方的闪着光亮的出口。那一次，我真的有种进退维谷的感觉，想赶紧走出去，但是腿脚就是不听使唤，还是那样小步小步地往前挪动。表弟表妹们或许觉得有我在而心存一定的安全感，然而我有谁呢？只能硬撑下去。走了不到三分之一，我拉着表妹的手已经紧张得渗出了汗。

　　快了，已经走了三分之二了。当我看到前面的亮光越来越亮、越来越大时，内心渐渐地平复了下来。我知道，这场具有历史意义的地理大发现和大穿越，即将完美收官。

突然，一个黑色的洞口出现在了我的余光里。我下意识地扭头一看，是一个开凿在墙壁上的、向着洞穴上方的墙壁里延伸的暗门。那黑暗的角落、神秘的暗门，促使我们快步地跑了出去，已经没有多余的胆量再去探索深层次的秘密了。

我们四个人成功地穿过了那个洞穴，来到了一片空旷的麦田，喘着粗气，相互欣慰地笑了。那神情，仿佛整个世界都是我们的，齐心渡过艰险，其他的坎坷，还能难倒我们吗？

4

暑期里，陪我们最多的除了外公，就是大表弟的母亲，我叫她二姨。二姨是老师，所以我们的假期，也就是她的假期。我们小的时候都恨不得冲破二姨这位语文老师的束缚，暑期里她不是要求我们每天读多少单词、抄写多少古诗词，就是让我们提前预习下一个学期的课程内容。不过现在想来，二姨的严格，在之后的日子里，逐渐地显现出了应有的价值。先人一步的理念和习惯，让我更多的时候做到了心中有数，做到了处变不惊！

印象很深的是，我们几人的课程，她几乎都要过目。为了能给我们讲得更加透彻，她总是会提前预习一遍，包括语文、数学、英语等课程，甚至还有她要重新学习的历史、地理等，真的很佩服二姨充沛的精力和责任感。也许，这就是一个教师应当有的责任和能力吧！

除此之外，一日三餐可全是二姨的活儿，她也总能在正常的饭点儿，喊我们吃饭。现在想到当初的偷懒和埋怨，心里真觉得对不住二姨啊。有个暑假我还亲自作诗一首，抒发自己对二姨严格管教的不满。她看过我作的诗后，哈哈大笑，还在节假日家人团聚的时候，念出来夸我的文笔好。她真的是宰相肚里能撑船啊。

每逢暑期即将结束的时候，二姨就要验证验证自己的功劳了，那便是让外公帮我们每个人称称体重。

外公家可不像城里，有那种只要站上去就能测身高和体重的仪器。外公用了最古老的方法，那就是，用平日里称斗米的秤，配合着装柴火的大笼，完成一项看似难以完成的任务。

大表弟在他妈妈的鼓励下，第一个"上秤"。外公猛地一提，大表弟着实上演了一把"空中飞人"。

轮到我了，我还是稍做矜持地说："外爷，我还是算了吧？"

63

外公似乎看出了些什么,将嘴里的旱烟袋取下,说道:"是怕我的劲儿不够大吗?农活儿干多了,给你们仨兄弟称个体重还是不成问题的。来!"

二姨在旁边笑道:"你外爷劲儿大着呢,要不让最小的航儿做个榜样?"

二姨的话真管用,明显在用激将法。不服输的我直接双脚跨了进去,充当了外公的"笼中猎物"。

二姨在一旁笑得合不拢嘴,外公却不紧不慢地拿起秤杆,左手猛地一提,我便犹如坐上了热气球一般,"升空"了。外公聚精会神地盯着秤杆,右手将秤砣拨至合适的刻度线。我想象着外公会像平时外出卖菜一样,嘴里说出几钱几文的职业用语,不想,外公嘴里却念念有词:"好,胖了四斤!"

我从半空中抬头看着外公,他是那样的高大魁梧,赶明儿将我们兄弟仨人一并挑着去赶集,似乎都不在话下。

在外公家,条件虽然不是很好,但是那种入乡随俗的感觉,让我们更能体会到淳朴乡村生活的乐趣。

我们会偶尔光顾田间地头,在外公干农活时,穿梭于那一亩田地,围绕于那一片桃林。更多的时候,我们会在临近黄昏时分,搬着小板凳坐在大门口,摇着竹扇,一边听大人们讲故事,一边等着外公牵着那头体格健壮的大黄牛从田间干活归来。

过年是童年时期最为期待的日子，不仅可以穿新衣、吃好吃的，而且还可以打雪仗、放烟火。那时候最美的音符，便要数那噼啪的爆竹声了。还能忆起在漫天雪花的夜晚，我们聚在外公家的院子里，燃放着那些让我们期待已久的烟火。

　　一家人围坐在院子里的梨树下，有说有笑。孩子们拿出各式的烟火，比赛一般，用最美的色彩装扮着整个天空。就像卖火柴的小女孩一样，每划着一根火柴，就能够看到一个自己向往的美丽世界。"刺"的一声，烟火如同一棵流光闪闪的大树，骤然间在飘雪的庭院中"长大"，将整个庭院照得通亮。一大家人会围在四周，看着那一束流光溢彩，默默地在心底许了新年的愿望，幸福的神情都洋溢在脸上。

　　那时的烟火虽不及现在这般壮观，却透出最美最真的心境，伴着那最浓的过年的气息。

　　除夕之夜，有着最深最久的记忆。童年时候手中的五彩烟火，庭院之外震耳的声声爆竹，天幕底下纷落的漫天大雪，夜深时分炕头的促膝长谈。每一个回忆，都定格成一幅温馨的画面，让我体会到家乡大年夜的味道，感悟那最真最纯的美好。

　　第二天早晨，推开门，整个庭院已经沉寂在如诗一般的白茫茫中。远处的大河、大河后边的大山，都已融为一体，不禁让我想起了杜甫那很应景的千古佳句来："窗含西岭千秋雪，门泊东吴万里船。"对下雪的着迷，还在于厚厚的雪地下面，似乎隐藏着很多的秘密。一个脚印踩下去，似乎就离谜底近了一步。随着咯吱咯吱走在雪地里的脚步声，冬天的秘密似乎也就渐渐解开了。

下雪的清晨，大人们的第一件事就是扫雪，用长长的扫帚扫出一条通往街门口的小路来，便于行走。大人们会将扫出来的雪堆到那棵梨树下，我们则会动用各种道具，在树下堆出一个大大的雪人来。黑色的"眼睛"，红色的"鼻子"，外加脖子上的一条红色围巾。我们的杰作可是得到了所有人的褒奖。无论是谁，推开院子的那扇木门，都能够穿过院子，一眼看到那个憨坐在梨树下、被我们装扮得惟妙惟肖的雪人。

小时候喜欢在雪地里追逐、打雪仗，整个庭院就又一次地回到了漫天雪花的时节。

和表妹、表弟们的"日夜相守"是最令我开心的事情，我们沉浸在自己的乐园里，并没有觉得时光的飞逝。每一天的日出，都是我们快乐的开始；每一次的日落，也都成了我们好梦的接续。那时的一草一木，似乎都在我们儿时的记忆里"楚楚动人"。乡村生活四季的更迭变换，绘出了童年的色彩斑驳，筑造了童年的世界，整个大自然都是我的游乐园。春天里的蝶飞花香，夏日里的蚊叮虫咬，秋季里的落叶飘红，冬日里的皑皑白雪,都让我难以忘怀,都有让我能够触景生情的故事般的烙印。

我们四个从小一起长大的伙伴,注定有着不一样的人生。但当我们每每聚在一起时,话题总会回到那个青山绿水的乡村,那棵枝繁叶茂、见证了我们长大的梨树下!

那一年,外公80岁了,骑着自行车出去买东西,结果半途由于路滑而摔倒,造成了一侧腿骨的骨折。伤筋动骨一百天,这话真的一点儿不假。那段时间我们轮流去看望外公,动手术、打钢板一样少不了。这对于一个80岁的老人而言,真是太折腾、太受罪了。然而,外公平静且乐观地接受了这一切。说真的,我那个时候才发觉,外公身上有很多值得我学习的地方,以前是,现在是,将来还是。他身上的那种不畏艰难、乐观向上的生活态度和人生观念,值得我用一生去领悟。

那天,依旧是一个漫天飘雪的日子,我们几个回忆着当年的情景,重复着当年在梨树下的动作,堆了一个更大的雪人,正如我们都已经长大。

外公要离开老家了,搬到城里和儿女们一起住。我们还希望有个人,能够一直在那里守护着那个我们孩提时的乐园。当我们最后一次穿过庭院,那个曾经放过烟火、打过雪仗、促膝长谈过的地方,回头看时,大雪似乎要将我的记忆封存。"守护人"依旧"站"在梨树下,向我们微笑着,而我们和它之间，则是一片白茫茫的雪地，以及一串渐行渐远的脚印……

　　路边的车依旧如很多年前那样，停靠在小商店旁，来了又走。小商店的样貌几十年未变，沾染了些许沧桑，显得矮小而简陋。人们还是会在小商店里停留，顺路买些小食品回去。那个店老板还是那般熟练地帮顾客们打包着食品点心，只是他已经没有我小时候感觉的那般魁梧和高大，半白的头发经过了岁月的"洗涤"。这些顾客，其实也是他的朋友，如我一般，从小就吃他家的点心、除夕听他家的爆竹声长大。甚至当家家炊烟升起，那一碗酱油，那一勺陈醋，都与他家的小店息息相关。

　　四季更迭，岁月流逝。山坡上的花儿每年都会开得那么美，调皮的孩子们的欢笑声、嬉闹声，依旧不时地回响在那个曾经的山坡上。

有时候，冬天的景致更美。
有种化繁为简的爽朗。

你在我的记忆深处

小时候的我,站在远处向现在的我微笑着!
我们彼此之间间隔的不是距离,
而是时间,
逐渐幻化成白茫茫雪地里,一串渐行渐远的脚印……

那时候的除夕夜，鞭炮声震耳欲聋，烟火将天空照亮，让孩子们不再惧怕夜的黑。

你在我的记忆深处

大雪过后,
时间似乎被凝固了,世界变成了黑白两种颜色。

而对于童年的记忆,
则会变得更为清晰,甚至触手可及。

雪中的她

> " 真希望时光能够倒流,让我的母亲回到年轻的时候。那时候的她,还没有这般风霜的面容,也没有这般银白的鬓发。她会陪着我在苍穹下数星星,会带我回到外公家那个我孩童时的童话般的乐园,还会唱着那首质朴的歌谣,陪我一起走回家。 "

小时候,夏夜是我一天最为期待的时刻。伴着习习的晚风,家人会拿出凉席,铺在楼顶的空旷处,之后我们一家人则会一起坐在上面纳凉。头顶繁星点点,深邃的苍穹下,不时地回荡着我们的欢声笑语,宁静的星河,在我们的头顶静静地流淌。

母亲为我讲述牛郎织女以及银河的故事。从那时候开始,我知道了牛郎星和织女星之间隔着一条宽宽的银河,每年的七月初七,牛郎和织女便会通过鹊桥相会。我还知道了天空中有八十八个星座,每个星座各不相同,形态各异。比如半人半兽的射手星座;比如著名的北斗星,便是大熊星座的"尾巴",等等。神秘的星空,美丽的故事,总是让我浮想联翩,畅想着天边最亮的那颗星就是我。

长大后我明白,假使我是天边那颗最亮的星,也是背后父母给我的炽热的爱,让我能够"反射"出光亮。

记忆中,母亲为我买的第一本书,便是《妈妈教唐诗》。里面均是脍炙人口的经典唐诗,每一首后面都配有一幅意境深远的图。每当夜深人静,钻进被窝的我,就会习惯性地要母亲为我念一首唐诗。那时候的我,记忆力特别好,母亲念完一遍,我基本就可以背诵了。虽然诗句的意思不太明白,但是当我在母亲念完后顺利地背诵出整首古诗的时候,母亲还是相当吃惊和开心。那时候母亲的笑,是我见过的最美的笑。

上学后,我的成绩一直不错。数学也是在父亲的悉心教导下，得以开窍并名列前茅。所以，当时我的学习成绩可是给父母脸上增光不少。

"艰苦的岁月"总是在回忆里占有重要的位置。我倒是真的不记得我在小学时候单科排第一名的情景了。我只是深深地记得，三年级时，自己在一次期中考试中，就给父母带去了一个大大的"惊喜"。

那一天，颇为自信的我，拉着母亲兴冲冲地往教室赶，因为考试的成绩出来了。班主任老师有一个习惯，每逢考试结束，都会寻得班里字迹好的同学，将成绩及名次从第一名到最后一名全部写到后黑板上，整个黑板写得密密麻麻。黑板上方的八个红色大字"好好学习，天天向上"，格外醒目，格外励志。

母亲还是像之前一样，以为我能够再次考得好成绩。然而不承想，在我们刚踏进教室门的时候，全班一半以上的同学齐声喊我的名字，之后加了一句："倒数第三！"那时候我看着黑板上清晰地写着我的名字，从最后一行往上数，倒数第三。当时真的恨不得找个地缝钻进去，已经没有自信再去看母亲的表情了。

似乎我的考试失利成了全班的头条新闻，前一秒还是那个寂寂无闻的三好学生的我，后一秒直接就成了"网红"。

我看了下全班的倒数第一，呵，是我的铁哥们儿。他坐在自己的座位上，瞟了我一眼。唉，真是"好事成双"啊！

班主任和母亲沟通了一会儿，母亲走过来，给我打气。她告诉我，一次失利不算什么，只要善于总结，下一次一定能够做得更好。

这样的"奇耻大辱"让我从那时开始便下决心在期末考试中一定要成功地上演一次"屌丝逆袭"。期末的时候，我又顺利地进入了班里前五的位置。每当母亲提起我小时候倒数第三这件丢人事儿，我就会微微一笑，两手一摊："那只是一个意外。"

当时我在乡村小学上学，家离学校并不远，过一条马路，再走过一座桥，之后穿过麦田中的一条小路便到了学校。每次母亲接送我，都会到那座桥的桥头的位置，要么站在那里看着我去上学，要么站在那里等我放学。

每逢我放学，走在那条长长的乡间小路上时，顺着随风低下"头"的麦浪向远处看去，就可以看见远远的母亲那熟悉的身影。她站在桥头，踮起脚，急切地向学校这边眺望着。

时间久了，同学们都知道了。临近放学，总会有人前来开我的玩笑。

"我敢打赌，你妈妈肯定来接你啦！"班里的一个调皮鬼挤着眼睛对我说。

"你怎么知道？"另一个同学故意调侃地问，同时将眼光瞟向我。

"嗨,天天如此,可比我们放学的铃声还要准呢!"说着,两个人哈哈一笑。

每当这个时候,我都脸上红红的,我盼望着自己快些长大,也希望有一天放学后,母亲能不在那里等我。那样,同学们就不会再取笑我了。

小时候怪异的思维着实让人难以捉摸。其实反过来想,当时我的那些同学,何尝不羡慕我呢?

周末时分,母亲会带着我回到外公家。那里有山有水,还有那些质朴的玩伴。

那时候由于交通不像今天这般便捷,每次和母亲离开外公家后,都要先在土坡下的小商店旁等候那半小时一趟的"蹦蹦车"。所谓的"蹦蹦车",总共三个车轮,司机坐在最前面,双手扶着类似于摩托车一样的扶手进行驾驶,身后宽大的车厢是乘客区。所有的乘客都是从后面上车,一脚踩在横梁上,一手拉住车厢侧面的扶手,猛地一蹬脚,整个人就进入了车厢内。车厢内会有左右两排窄窄的被固定着的"木凳",乘客们都是面对面坐车,随着车子的颠簸,一路攀谈。即使是陌生人,也会在那种环境下毫不拘束地畅谈起来。

尤其在雨后的泥泞路上,车子左右摇晃,真的是名副其实的蹦蹦车了。约莫行至一半路程的时候,车子会在一个较大的车站停下来，我们就在那里换乘小中巴。小中巴的终点站离我们住的家属院大约两站路，每次从小中巴下来后，我都会和母亲手拉着手走回家。

路边的路灯很亮，照亮了我们回家的路。随着一个个向我们身后移去的路灯，母亲和我的影子在不断地由长变短，又由短变长。间或有汽车的车灯从我们身后照射过来，我们的影子就会被"拉"得很长很长。

一路上，我和母亲经常会玩一种接力游戏，母亲说一句，我跟一句，配合着抑扬顿挫的腔调，最终看谁接不下去。那样一路上"哈哈"的笑声，现在回想起来，即使是在寒冬，心里也暖暖的。

母亲："我们两个人儿啊，一个是妈妈，一个是娃娃。"
我："我们两个人儿啊，一个有辫子，一个没辫子。"
母亲："我们两个人儿啊，一个高个子，一个低个子。"
我："我们两个人儿啊，一个在左边，一个在右边。"
……

说起小时候的趣事，确实不少。母亲总是能够信手拈来，随后风趣幽默地讲出来，让我笑得前仰后合。

当时，我在乡村小学上学，发觉周围的同学衣服袖子、裤子上都有不同颜色的补丁，左一块、右一块，几种颜色搭配，甚是好看。于是，有一天我实在忍不住了，跑回家要求母亲也给我的衣服上缝几个补丁。母亲起初不解，好好的衣服，为何要缝补丁？

当我说出缘由，母亲苦笑一下，后来自然是没有同意。我也就只能每天在学校用羡慕的眼光看着同学衣服上的那些"漂亮的补丁"！

我羡慕他们，家家都有一个大大的院子，种着各种花草和树木。而且，每年他们还可以随同父母定期播种以及收割麦子。对我而言，整个大自然都是自己的乐园；而对我的乡村同学们而言，整个大自然就是他们祖辈以来生活的家园。

那时候，同学们爱到我家来，虽然我家比他们的院子小太多了，但是他们还是喜欢过来。估计他们觉得我家里的东西很多都比较新颖。更为重要的，应该是我家里当时有一台二十多英寸的SONY彩色电视机。他们放学后结伴挤到我家里，津津有味地看着当时还在热播的动画剧集《变形金刚》以及《圣斗士星矢》。这两部动画剧，是男孩的最爱，是每个男孩的向往。向往着自己能够拥有超能力，能够聚集自己的小宇宙，使出令"敌人"闻风丧胆的天马流星拳。

不可否认，与小时候向往的角色相比，现实的自己在当时还是与星矢有着相当的差距。

有一次狂风大作，屋里门关得严实，然而依旧能够听到外面如狼嚎般的风声,一阵赛一阵大。我躲在屋里大哭,生怕风把整个大楼吹倒。母亲搂着我的肩膀不停地安慰。第二天等到风平浪静时出去一看,院子里的一棵桐树被连根拔起,粗壮得需要两到三个人方能抱住的大桐树,也抵不过一晚的狂风怒吼。那天的场景我还记忆犹新,因为当时的语文课本里,就有关于风级的诗句:"一级青烟随风偏,二级轻风吹脸面,三级叶动红旗飘,四级枝摇飞纸片,五级带叶小树摇,六级举伞步行艰,七级迎风走不便,八级风吹树枝断,九级屋顶飞瓦片,十级拔树又倒屋,十一二级陆上很少见。"

从现在开始往前推算,直到我刚刚有记忆时为止,我的印象中,光搬家就不下十次。当然,印象最深的,还要数在家属院时候的那几年时光。那里是个单面楼,倚在二楼的栏杆上眺望,整个院子的风景尽收眼底,每家每户的一举一动,都可以看得真切。

谁家又买了什么新的家具,谁家又添置了一台新电视机,谁家某天又来了哪个亲戚,谁家的午饭吃的是什么,等等,几乎都是一清二楚。当楼下王阿姨家的饭香味儿飘上来钻入我的鼻子时,我知道,差不多整个院子的晚饭时间到了。每当这个时候,左邻右舍,开始陆陆续续地端着饭碗出来,坐在自家门前的小木凳上吃饭,彼此唠唠家长里短,一天的新鲜事儿也就在这个时候汇集并发酵。

孩子们总是吃了几口，就急忙跟着小朋友玩耍去了。吃饭对于天性喜好玩耍的孩子们而言，着实是一项任务，午睡更不例外。

应父母的要求躺在床上午休，却总是想着院子里的玩伴在干什么，又从他们的爸妈那里拿到了什么好玩的东西，等等。院子里细微的声响都牵动着自己贪玩的神经，总是在父母入睡、墙上挂钟的嘀嗒声逐渐清晰时，偷偷溜出门。无拘无束地玩耍，对于孩子们，是一件多么美好和刺激的事情啊！

院子中央有一个大的水台，每家每户都是从那里取水。水台是用水泥砌成的，水槽不深，有4个水龙头。所以，如果站在水龙头边观察，基本就能知道每一家每一顿都在做什么饭，清楚得就和自己家一样。当然，如果谁家买了好吃的水果，那也会被我们这群调皮的孩子看到，争着抢着，很可能，真正的主人还没吃，已经被我们瓜分完了。

倚在二楼的栏杆向下俯瞰时，更多的时候会看到母亲的身影。不是在为做饭准备着，就是在为洗衣准备着。那些让我品尝到不同口味的瓜果，那些给我穿的各种颜色的衣物，占据了母亲很多很多的时间。

冬天的时候，水槽里的水都结了冰，更让人为难的是，水管里面已经被冻得结结实实，滴不出一滴水了。楼下的王阿姨是个急性子，拾了一堆柴火放进水槽，直接在那里面生火，说来也神奇，这么一个看似粗暴和无脑的方法，居然奏效了。王阿姨从此喜滋滋的，似乎觉得是她在大冬天，为全院子的人带来了"甘露"一样。

水台的旁边是一片空地，每家从中选出一小片来种花种菜。母亲在紧挨着水台的地方种了几株向日葵。后来，向日葵个子长得老高，摇曳多姿地"站立"在水台的后面。那大大的花盘，总是向着太阳，随着太阳的高度不断地变换着角度，给整个小区增添了几分美感和生趣。

菜地的边上，也就是院子的角落处，长着一棵高大的桑树。桑葚长出来的时候，孩子们会爬到树上摘果子。吃起来酸酸甜甜的，可口生津。

墙的外面，是一个大型冶炼厂，每日的嗡嗡声，亘古不变，在我记忆中，它没有一天停下来。久而久之，我们已经习惯了那样的噪声。或许，我没有爷爷那样的音乐功力，和冶炼厂的噪声长久的干扰有关吧。这个理由似乎过于牵强，不过也是我思忖良久所得出的结论，纯当自我安慰和调侃。

冶炼厂虽然整日里制造噪声，但是整个家属院的用电都由它来提供。受人"恩惠"自然是有条件的，我们就得整日地伴随着厂区锅炉嗡嗡的轰鸣声。在这样的环境下，生活了一天又一天。

还记得有段时间经常停电，我们院子里的几个伙伴一起密谋，策划着如何分组并深入厂区的电房，为小区开闸供电。我的提议大家都赞成，计划很是周密，让我们着实激动了一番。然而，最终没有实施的原因在于，我们连厂区的第一道屏障都没有通过，看大门的警卫硬是将我们这一群孩子连哄带骗地轰了出来。第一次想要"拯救"整个小区于水火的我，英雄主义灌注全身，然出师未捷，只能带着"残兵败将"悻悻而归。

家属院的时光，是我记忆中最美的时光。那时候的整个院子里的每一户，都相处得其乐融融。后来，我上小学四年级时转入城市学校，离开了那个家属院，每逢寒暑假才回去一次。记得就是那个时候，母亲的单位开始分房子了，整个家属院的人，可以全部搬入新盖的六层楼里。当时的房价和现在的房价不可同日而语，虽然父母当时的工资并不高，但是，他们还是努力地改善居住环境。

新房子的环境在当时看来很不错，不过对于我而言，并不是十分喜欢。因为毕竟自己的活动空间突然间大幅缩小了，俯仰间原本满目的花花草草，变成了坚硬无比的水泥墙，那种"憋屈"之感油然而生，不满的情绪近乎爆表。

中学时，依然是在城市里就学，由于距离的原因以及父母工作的缘故，就再也没有正式在那个新房子里住过。总是蜻蜓点水一般，逢寒暑假暂住几宿而已。再后来，上了大学乃至毕业，都很少正式地在那里居住过。

2008年冬天，全国绝大部分地区都大雪纷飞，广东的韶关一带出现了几十年一遇的风雪。当时还在深圳的我，并没有能够切身体会到那场罕见的寒冬。毕业后的第一个春节，就是在外地度过的。

除夕之夜，一大家子的亲戚都聚在老家，而我一人，则在千里之外。深圳的冬天其实蛮冷的，由于潮湿，寒风像深入骨髓一般。我记得那年最低气温在10摄氏度以下，这对于北方而言，其实不算什么，然而在深圳，在中国大陆的近乎最南方，已经算是很低了。

那里的烟火五彩缤纷，在楼群的上空美丽绽放。然而在我的心里，它却不及自己小时候在外公家的庭院里夜晚燃放的烟火。那时候的烟火，更给我一种温暖。

不知是不是少了这种温暖的缘故，那年春节期间的我，结结实实地病倒了，高烧不退，浑身发冷，疲弱无力，甚至爬楼梯都吃力得仿佛一个年近古稀之人。

母亲得知我的病情后，和父亲先后坐着飞机，从家乡赶到了深圳。那一年，我们一家人可算是第一次在外地过年，正是由于我的病情，将父母的心，从千里之外拉了过去。当父母推开门走进来，关心地问询我的病情的时候，我真的深感内疚。一直以来"衣锦还乡"的理想情怀，在现实面前被击打得粉碎。不仅没有在新年里为父母聊表心意,反而让他们担惊受怕,飞越千山万水来看我。

不记得是出于什么原因,在他们来的第二天,自己就和父亲大吵一架,那天的我情绪有些失控,对父亲发了很大的无名之火。其实自己的理直气壮、自己的义正词严,都是那么地滑稽和幼稚。自己一直在用青春为自己的固执买单。

当晚,我与父亲一夜无话。父亲第二天一大早就醒来,在我迷糊的睡梦中,就已经将饭菜做好。前一晚的争执似乎并未发生,他容忍着我的诸多无理取闹。

我们总是习惯向最亲的人暴露自己最放肆的一面,而往往将笑容留给自己生命中的匆匆过客。

望着父亲的背影,消瘦异常,且腿部由于伤痛,步伐踉跄费力。我的世界曾经阳光灿烂,那是由于有父亲这棵大树的荫庇;若不是父亲,我连这样固执和任性的机会都没有。

那几天,在父母的精心照顾下,我的身体才渐渐地得以康复。

父母是水,而我是舟。他们用自身的高度增加了我的人生高度,支持我站得更高,看得更远。

当时,我的住处离山很近,几乎每逢周末都会去爬一次山。随着爬山次数的增多,我已经越来越适应那里闷热且潮湿的气候了。父母却并没有陪我一起爬上山顶。第一次是母亲陪我,时间大约是在11月下旬。在北方,11月份的时候,人们几

85

乎都已经穿上了厚厚的御寒衣物。而在南国的艳阳里，还没有走上真正的登山道，母亲就已经汗流浃背，气喘吁吁。

第二次是父亲，父亲也没能陪我爬到山顶，而是在三分之一的路途中停了下来，独自休息，我则一人完成了后续的行程。

每次想起来，我都十分感慨。梧桐山顶的风景，父母都不能陪我一起观赏。这就是现实，一些路，终究需要我自己去走；一些事，终究需要我自己去做。

我明白，当自己真正地看到了更多的风景，需要和他们分享。同理，当我们的脚步走得更加匆忙的时候，需要时不时地陪陪他们，因为，他们越来越需要我们了。

还能想到2010年的春节，母亲在雪花纷飞的西安火车站等了我三个多小时，没有喝水，没有吃饭。她想看到的，就是离家有一年的儿子；期盼的是，能够在春节，再和这个儿子共聚三到四天的时间。这是母亲多么"奢侈"的愿望啊！然而当时似乎由于下雪，我竟然差一点没有让她如愿。当我从出站口出来时，远远地看见那个亲切的身影，肩上落满了雪花。那一刻，母亲更深的皱纹和更斑白的头发，让我的心头涌上阵阵酸楚。那一次，我真的真的感到了，似乎自己一直以来的追梦生活，着实是一次愚蠢的执着和固执。那天的寒风，似乎吹进了我的骨髓；那天的雪花，似乎融化在我的心中，落到了滋润了那已经异常干枯的亲情树！

雪中的她，看着我从小长大。在我的生命里，一直是那么亲切地看着我，又那么期盼看见我。从麦田边的那个桥头上，一直到大雪纷飞的车站口。母亲一如既往地用心来呵护我，等待我的长大，等待我的每一个好消息。

　　长大后，我知道了不同场景里每一个似曾相识，都是旧梦重温。离开母亲的那段日子，每当夜深人静时，站在卧室的落地窗前，我总是希冀能够看到，母亲又一次站在远远的桥头等我回家。温暖的母爱，注定是我一生的幸运！

　　回忆和母亲的故事，我的脑海就会像过电影一般，小时候的画面在不断地浮现。

　　小时候还有一件让我细思极恐的事情，我是从母亲口中得知了那次事情的惊心动魄和生死时速。

　　那时候出行都是挤公交车。那一次，我和母亲坐车从临潼兵马俑回家，路上大雨，车内更是挤得水泄不通，转身、抬脚这样的基本动作都严重受限。快到站的时候，车上的一个好心人告诉母亲，让母亲先下车，之后她从窗户将熟睡的我递出去。凌乱中的母亲居然答应了。谁料，她刚一下车，车上的司机由于并不知情，一脚油门将车开走了。看着公交车飞一般远离自己，母亲发疯一般在大雨中奔跑，用她那并不怎么快的速度，拼了命地在后面追。我不知道当时母亲的心情，那一定是一种山崩地裂般的感觉。巧的是，由于那天的大雨，导致了路面积水以致交通堵塞，母亲终于在跑了两站路的路程之后，跑到了公交车跟前。她用尽全身的力气，使劲地拍打着车门。这个时候，那个好心人也终于将我从车窗递了出来。而那时候的我，居然还在熟睡。母亲告诉我，那一刻，她抱着我，一下子瘫坐在大雨滂沱的路边，号啕大哭。

我能够想象得出母亲当时几近崩溃的场面。每思至此，总不免后背发凉。如果，如果那一天不是"天公作美"，我可能就真的与母亲天各一方了。每每想到这里，都不敢再继续想下去。

母亲像一座丰碑，看着我长大，我也看着母亲一天天地苍老。我为什么要在这仅有的一次生命里，错过那最亲最浓的缘分？真想让时间凝固，让雪花静止，让我好好地看看母亲，拥抱她，从此不再远离她的视线。

母亲坚强了一辈子，但是，就在我写这篇文字的前几天，在和母亲的一通电话里，坚强的母亲终于又一次哭了。让我一时间乱了阵脚，让我真正地体会到了健康平安即是福。

那一天和往常一样，我将电话拨通，当母亲接听时，还是如往常一样大声地叫着我的名字。

"妈，最近都好吗？"我终于抽出时间给母亲打一个电话了。我习惯性地问母亲，但是电话那头突然间出奇地安静。

"喂？"我的声音不由得提高了。

这时候，电话那头传来了一阵隐隐的抽泣声，我浑身的每块肌肉都紧绷了起来。

声音越来越清晰，是的，是母亲在哭，为什么？我一时间有点蒙了。

在我的印象中，每次和母亲的通话都是那么地开心，她富有激情的语调往往让我忍俊不禁。然而这一次，也是头一次，突如其来的哭泣声让我不知所措。

"妈，您怎么了？怎么哭了？"我强压着自己的情绪，焦急地问。

母亲由于已经有点儿情绪失控，电话那头传来断断续续的声音，我始终无法听清，不知她究竟在说什么。

"妈，您不要急，先冷静下来，平复一会儿再慢慢说。"

渐渐地，母亲的情绪平复了一些，我终于能听清她说的话了。

母亲左眼被诊断出患有黄斑前膜，检查时左眼视力降至0.1，而右眼视力还是正常的1.2。医生说除非手术，否则左眼视力可能将进一步退化，直至左眼视力消失。

"视力消失？！"

这几个字犹如晴空霹雳！

这种事情为什么会发生在母亲身上？虽然我当时并不清楚

"黄斑前膜"究竟是什么病症。

那天下午我请假半天,驱车回家去看母亲。一进门,还是像以前那样,饱满鲜艳的水果摆满了一茶几,可口的饭菜已经做好。母亲正从厨房将一碟一碟的美食端放到餐桌上。

看到这一幕,我的眼泪差点儿掉下来。母亲在那种情况下,还是把我的温饱放在了第一位。

吃饭期间,我才了解到母亲那段时间病情的前后经过。她在接到我的电话时,并不是因为自己的视力而伤心,而是生怕自己失明了,她就再也看不到她的只有几个月大的孙女的容颜了,也看不到孙女一天天长大的过程了。

母亲说到这儿,哽咽了,我则转过身去,任由泪珠大颗大颗地从脸颊滑落。

那时候,我真希望母亲的眼睛能够快点儿好起来,能够看着她的孙女一天天地长大。对母亲而言,孩子的笑容,才是世间最美的风景。

在我和父亲的坚持下,母亲同意了眼部手术。一来可以尽快地化解病情,二来随着年纪的增长,手术后的恢复期会延长。

到了母亲做手术的那一天,我清晨5点多便醒来了,简单地洗漱完毕后,便直奔医院。我真的体会到什么叫作母子连心了,母亲即将做手术的那几天,我的眼睛也不明就里地肿胀了起来。有人开玩笑地说是被蜜蜂蜇的,而我则宽慰自己,特殊时期里有我的陪伴，母亲并不孤单。

我一到住院部，便看见母亲坐在病房前的石椅上，她已经做好了术前准备，且梳着两个麻花辫子，让我顿时有种回到那热情似火的革命年代的感觉。

问了母亲才知道，医生建议她将头发梳成这样，便于手术。

母亲状态不错，我也不断地鼓励她，说手术虽然不算小，但是这种病症在她的同龄人中并不鲜见。相对而言，手术的技术是很成熟的，不用过于担心。

正说着，母亲10号床的对讲器响了，手术部的医生告诉母亲，轮到她了。母亲用同以往一样洪亮的声音应道："好的！"

送母亲到手术室门口，看着她走进手术室，门从她身后关上的那一刻，我在心里默默地祈祷着，希望母亲手术一切顺利。我看了一下手表，那时候正是早晨的8点45分。

清晨的阳光从窗户射了进来，大厅地板上映出了我和父亲被拉长的身影。

大约过了一个小时，大表弟全家都来了，同我和父亲一起等待着母亲，等待着她从那扇门里走出来。

时间一分一秒地过去，手术部的那扇门不停地被推开，每开一次，都会让一个家庭的悬着的心落地，都是对一个家庭的期待的最真诚的回应。

大约在10点45分的时候，手术室的门再次被推开，一个医

91

生喊着母亲的名字,让家属过去。我们急忙跑过去聚在门边。

"只能一个家属进来。"医生说道。

由于术前父亲一直陪着母亲,且对母亲病情有详细的了解,所以父亲立刻进去了。

透过手术室若隐若现的毛玻璃门,我隐约地看到母亲坐在沙发上,父亲弯着腰和母亲说着什么,而旁边的医生则三三两两地围了过去。

我的心提到了嗓子眼。那一刻,我突然有一种不祥的预感,一种即将面临被"宣判"的无助感。

"放心吧,不会有事的。"姨父安慰我道。显然,他看出了我的焦虑。我估计,当时我的脸色一定是惨白的。

门开了,我看见母亲泪流满面,情绪几近失控。父亲搀扶着母亲,让我们赶紧准备轮椅。我赶忙推来轮椅让母亲坐下,让她已经发麻的无力的双腿休息。直到回到病房,母亲的情绪都没有完全地平复下来。

当我确认母亲的眼睛没有异样的感觉之后才稍微宽心。后来我分析,母亲应该是由于心情紧张所致,一直都坚强的她,在做完手术后憋着的情绪终于被完全释放了出来。

手术后的半小时,是我们慌乱的半小时,但不得不承认,亲人们守在身边的感觉真好。虽然做手术的不是我,然而就在母亲情绪失控的时候,我真的感觉到周围的亲人给了我信心和温暖，给了让我认为一切都会好的信念。

　　小时候，母亲守护着我，无论是刮风下雨，无论是病魔伤痛，无论白天黑夜，甚至在医院的病床上，守着我不合眼地一夜到天明。如今，母亲躺在病床上，我成了她的守护人。母亲，您坚强了一辈子，该好好地休息了，把担子交给我。从此，我不再会像以前那么固执和冷漠，我会一直陪在您的身边，不再离开。

　　我常常会对蔚蓝的大海边高高矗立的灯塔着迷。灯塔是海上来往船只的航标，母亲就像我人生中的灯塔，小时候站在桥头等我放学，我从远处一眼便能看到，走向母亲，也就是走向回家的路。渐渐长大，母亲又是我走出家门，走向外面世界的"灯塔"，不论这个世界如何改变，她永远是用自己传统的观念和美德在感染着我、影响着我，让我不会随波逐流，让我不会在纷扰的世俗世界里迷失。

　　那条路，母亲每次都和我一起走，伴着路灯，伴着欢笑。春夏秋冬的四季车轮不断地向前。和母亲就这样，走着走着，我就长大了。那首我和母亲之间的歌谣，我可是一点儿都没有忘记，只是，里面的娃娃，已经长大成人，里面的低个子，如今已经超过了当初的高个子，并会张开厚实的臂膀，给"变矮"的母亲更多的力量和温暖。

真希望时光能够倒流,让我的母亲回到年轻的时候。那时候的她,还没有这般风霜的面容,也没有这般银白的鬓发。她会陪着我在苍穹下数星星,会带我回到外公家那个我孩童时的童话般的乐园,还会唱着那首质朴的歌谣,陪我一起走回家。

我们两个人儿啊,一个是妈妈,一个是娃娃;

我们两个人儿啊,一个有辫子,一个没辫子;

我们两个人儿啊,一个高个子,一个低个子;

我们两个人儿啊,一个在左边,一个在右边。

……

秋叶的色彩，冬雪的纯净，
　　构成了最美的画面。

你在我的记忆深处

漫漫的路途,
通向过去？通向未来？

无数个夜晚,我就走在这条布满路灯的小路上。
总能想起很多年前的夜晚,
和母亲一起,伴着暖黄的路灯,有说有笑地走回家。

你在我的记忆深处

还记得,母亲曾用这种狗尾草教我编各种形状的动物。
那时,我学得认真,不断尝试,用心地在编织着自己的童年。

我的"启蒙老师"

> " 小时候的记忆,正在一点一点地消失,我抓不着,追不上。我想用文字,找回那回不去的过去,追逐那追不回的流年。"

1

夏日的午后,暖暖的阳光穿过路边整齐排列的法国梧桐,照在了一片两层高的尖顶楼群中。在树丛的掩映下,能隐约看到楼顶上经历了风吹日晒的灰色烟囱。整个楼群清一色的红色屋顶,灰色楼身,外墙上的一砖一瓦,被刻画得棱角分明,清晰可见。几十年的历史,浇筑出了它们沧桑的"容颜",时过境迁,更为其添加上一层古旧的"衣衫"。

每次走过那片尖顶楼群,我都会停下脚步驻足片刻,伸手触摸那已逝的岁月,默默捡拾着自己遗落在那里的稀疏零落的"时光"。

望着10号楼二层的窗户,我回想到了十多年前。我那时候还在上小学,我会隔着马路,站在街角的报亭边,对着10号楼,用力地喊出他的名字。那个学生时代被我称作"启蒙老师"的人,就会从他家二楼的窗户伸出头来,诡秘地一笑。过不了几分钟,他就会穿着两只不同颜色的球鞋站在我的面前。

那就是他,从来不在乎外表的一个人。冬天冷的时候,他可以裹上他父亲的军大衣,穿梭在如织的人流中,丝毫不会理睬行人看他时脸上异样的目光。长长的军大衣,几乎盖住他的双脚,从后面看去,他简直就像一个没有双脚但可以飘浮的外星物种。夏天热的时候,他常常会穿着一条宽大的红色短裤,而脖子上，则会不合时宜地围着他妈妈的花丝巾。陌生人或许会嘲笑他这样的奇异装束，不过我知道，他妈妈新买的花丝巾就这样入了他的法眼。他乐意做他妈妈的"模特"，凡有新的服饰，必先上身试上一试。

由于他的个头实在不高，和他并肩走在一起的时候，我要高出他一头左右。或许对于情侣们而言，这样的身高差是所谓的最萌身高差，但是对于像我俩这样的"师徒"而言，这样的身高差怎么着也让人觉得有那么一点点的别扭。再加上他消瘦的身段儿，如果要和几个大个子的伙计一起照个半身照，保不齐，他都不会出现在镜头里。或许，也正是由于他上述这么些所谓的特点，让班主任老师对他格外关照，每次毕业照，他都是站在前排最中间的那一个。

这就是他，我的"启蒙老师"，虽然年龄小我两岁，却是给了我莫大的启发和帮助的人。

由于他的名字里有一个"智"字，所以我更多的时候，都管他叫"小智"。

说起和他的相识，还要往回追溯一番。

在我四年级第二学期的时候，父母终于决定让我转学，从那个我待了四年的乡村小学转到城里的小学。

还记得那天，我刚从外面回来，看到父母正在谈论着什么。母亲坐在床沿上，父亲则背靠着窗户，坐在床旁边的椅子上。父亲看到我后，示意我过去，笑着和我说起了给我转学的打算。一时间没有思想准备的我使劲地摇头，不愿去往一个陌生的环境。母亲则在一旁开导我，总之就是，换了学校，我既可以开阔眼界，也可以促进学习的进步。

想到要离开自己田园般的生活，我当时还是十分地不情愿，但是父亲告诉我，在那里起码会让我练好普通话，我到最终还是答应了。因为当时觉得普通话既好听又有用。

我还记得，当我刚从乡村小学转学到城市小学时，第一个感觉是，那里的同学的穿着都比我之前的同学的穿着艳丽许多，令我惊奇的是，他们的衣服居然找不到一个有补丁的地方。因为在当初，有补丁的衣服着实让我羡慕了好一阵子，还费了一番口舌让母亲帮我在新衣服上缝几个补丁出来。乡村孩子由于家庭拮据，所以衣服绝大部分都是缝缝补补，尤其是膝盖处、胳膊肘处以及裤子的臀部处。母亲自然是哭笑不得，因为我拿给母亲让她给我缝补丁的，大都是一些新衣服，还有父亲出差途中特地给我买的衣服。母亲自然是没有应允，我也只能就此作罢。

第二个大的不同是，那里的老师讲课都用普通话，连课间同学们说话都用普通话。普通话对于我而言，虽然不算难，但是当时我看似流利的普通话，总是不时地蹦出几句方言来。开始时，我还因为自己的"土洋结合"而尴尬，但是渐渐地却发觉，方言自有其魅力，自有它的用武之地，尤其是放学后和一些同学扎堆去尝街边的胡辣汤时，那个老板总会因我地道的方言而对我"关爱有加"。

"老板，来一大碗，多放辣！"在我一口纯正的方言之后，老板总是会端上来满满一碗，香气四溢，分量十足。对比分明的是，和我一起的几个同学，在用普通话之后，端上来的胡辣汤总是在量上面"缺斤少两"。我当时就在琢磨，这个老板莫非还有"语言歧视"？后来才悟出来，老板用的也是方言，方言对方言，亲切感爆棚。

父亲当时的办公室就在那个小学的隔壁，而且他办公楼的四层正好有一间大教室空着，我们就索性先住了进去。

我们用宽大的可以触及天花板的薄木板将大教室隔成三个房间，从门口往里依次为厨房、客厅及卧室。卧室里书桌旁有我的一张小床，是在两个木箱上面搭一块厚木板组成的，上面铺上褥子，即使在冬天，也是暖暖和和的。书桌是那种老式的学生课桌，平日里我就坐在床头、伏在桌子上看书写字。

教室够大，略显空旷，而且说话时常会伴有回音。当时，我还真的拿过一块秒表，尝试着站在墙角喊上一声，计算听到回声的时间，用来测算教室的距离。那时探索求实的精神着实可嘉。

由于教室够大，且没有暖气，冬天的时候，只能是生着炉子取暖，就是以前家庭中常用的蜂窝煤炉子。一个长长的铝制的排烟及排气管子连接着炉子，另一端则从窗户伸出去。其实也就是当时按照暖气的原理自制的简易的取暖设施。门后面一直堆放着一摞蜂窝煤。

　　炉子上放着一个水壶，从壶嘴里飘出缕缕热气，不断升腾，在冬天里，看得真真切切。

　　母亲难以忍受蜂窝煤燃烧后散发的味道，常常会将卧室的窗户打开，以便流入新鲜空气。所以，尤其在下雪的冬天，邻居来串门，经常会看见窗外飘雪而卧室窗户大开的奇葩景象。父亲其实对此颇有微词，但是当时的条件，我们也只能是临时住在那里，冷并快乐着。殊不知，这一住，就是十年。而我的"启蒙老师"，也就是在此期间，陪我喜怒哀乐一起走过。

2

　　那是我刚刚搬到大教室的第三天，恰逢周末，正在家里看书，听得客厅里一阵急促的脚步声。我还没将目光从书本上挪开，一个黑影便"嗖"的一下，从我的余光里闪过，溜进了我家的里屋。

　　我定睛一看，是一个小个了的男孩，皮肤略黑，留着一头短发。他瞟了我一眼，诡秘地一笑，随手拿起我床边刚买的一本新书看了起来。那架势，俨然我是登门拜访的客人，他倒成了居"庙堂之高"的主人。

　　"你是……"

　　我见他并没有回头，禁不住继续大声问道："我好像不认识你啊！"

　　"我爸认识你爸！"那个男孩头也不抬，仿佛已经完全融入书中的情节。他拿的是我刚刚买的《三国演义》。

　　"这书你能看懂吗？"我担忧地问道，从他那瘦小的身躯以及略显稚嫩且绯红的脸颊，我看不出他有读懂这书的能力。

　　"切！看了不下三遍了！你买的是少儿版的，书中省略了很多情节，如果你喜欢，我可以把原著借给你看。"他抬起头看着我，似乎很有诚意，一双黑色的眼睛炯炯有神。

　　"什么？少……儿……版！"我的舌头不听使唤地结巴着，内心却十分地不平，竟莫名地有种被羞辱的感觉。

　　"你说你看了三遍，那你能把赤壁之战的前因后果给我讲清楚吗？"我想将他一军。

　　"这个简单啊！"他合上书，将身子转向我，清了清嗓子，不紧不慢地将整个故事的来龙去脉给我详细地讲了一遍，其中不乏他自己的见解和观点。我只能不住地点头说是，因为自己对三国的认识，当时也仅仅停留在语文课本里。也正是由于这个小男孩，我才知道，三国的故事原来这般精彩。

这个男孩就是小智，而且果真人如其名，只要和他聊上一会儿，不论是谁，都能够发现他的聪明劲儿。

他的母亲在纺织厂上班，就是所谓的纺织女工。其实在以前，纺织女工的工作，可是备受羡慕的。20世纪80年代，纺织行业堪称出口创汇的第一大行业，在我国经济份额中力拔头筹。那时候，男士们尤以能够娶到一个纺织女工而倍觉自豪。我想，小智的父亲也肯定是这样的，在提到小智的母亲的时候，应该会容光焕发吧？！

小智父亲和我父亲是同事，当时我家在四楼，他父亲的办公室在一楼，所以，当我们刚刚搬来时，他就第一时间获悉我的到来。抬抬脚的工夫，就能在一楼到四楼之间走个来回。他总是有事儿没事儿的，在他父亲单位的食堂蹭蹭饭，所以几乎每天都能够见到他。况且，他还是我的同班同学，我俩一起在各自父亲办公楼的隔壁学校读书，那可真是近上加近，"亲上加亲"。

自此后，我和他成了非常要好的朋友，也正是由于他的出现，让我学会了很多之前不知道的知识，掌握了很多之前不具备的能力。

我小时候的诸多爱好中，中国象棋不可或缺。记得有一次和母亲回外公家，在中途换乘的车站旁的商店里，我指着一副中国象棋让母亲给我买，最终母亲在我的软磨硬泡下，买了商店里最大号的一副棋给我。从此我也就"中毒"日深，这种纯动脑子的活动，曾一度让我废寝忘食。我那时几乎天天找人下棋，棋艺虽不佳，但是屡败屡战，愈挫愈勇。甚至暑假期间拿着买来的棋谱仔细地研读，包括著名的《适情雅趣》《心武残编》等都成了我的枕边书。因为年纪小，输了可以笑一笑再来一局，赢了的话，那就拥有骄傲的资本了。

现在来看，兴趣真的是最好的老师，就在不知不觉中，什么"空头炮"，什么"钓鱼马"，什么"闷宫杀"，我都用得相当娴熟，可以说，周围的同龄人都不是我的对手。

自然地，对小智这个整天时不时地就会溜到我家的常客，我怎么能放过炫耀自己棋艺的机会呢？于是，在得知他棋艺颇高的情况下，我便摆好棋局，立下战书，向他宣战了。没料想，那天与小智的对弈，我可算是遇到了高人。我的每个棋子都在他的牵制之下，动弹不得，到最后只能眼睁睁地看着他攻占了我的"帅府"！一连几局，皆是如此，棋艺水平根本不在一个层次。要命的是，他和我同班且小我两岁。后来才知道，他由于学习成绩异常优秀，连跳两级。从此，我对他刮目相看，再也不觉得他是那个长不高的瘦小男孩了。

那时候，象棋这项活动要比现在更加普及，街边上、店铺旁、小区里经常能够看到一些人三三两两地围在一起，讨论着各种着式。甚至当时一度还有人在外面摆擂台，广交天下棋友。那时候我的棋艺还不足以给我自信去挑战那些擂主。

不过，有小智在我身边就完全不同了。一次，我们放学回家，路上刚好碰到一个二十多岁的人在摆擂台，输者给赢者五元钱。我俩饶有兴趣地停下来观战。两个挑战者都在长吁短叹中败下阵来。我怂恿小智去挑战一番，他没迟疑，在那个人对面的凳子上坐定。

面对着这么一个毛头小孩子，一丝轻蔑的笑掠过擂主的嘴角。小智并不在意那人的眼神，和以往一样不紧不慢地下棋。

谁知，双方共计下了不出二十步，那个人的落子速度明显慢了下来，渐渐地陷入苦思冥想境地。而反观小智，淡定从容，一副胜券在握的神情。

最终，小智取得了胜利。那人输给了自己并没有放在眼里的毛头小孩子，整张脸通红通红的，起身摇了摇头，尴尬地笑了笑。自然地，五元钱也顺利地到我们的手里了。我在和小智回去的路上，也笑个不停。我心里有说不出的爽快，仿佛是自己打败了那个擂主似的，有种为民"铲奸除恶"的快感。

说来也巧，第二学期全校举办了一次象棋大赛，不同年级之间的学生在一起"混战",我在进入决赛前的第二轮惨遭淘汰,而小智一路过关斩将,夺得桂冠,不亚于关云长过五关斩六将之勇。

小智一战成名,全校师生都知道了,四年级一班有一个小个子男孩,夺得了全校象棋比赛的第一名。

学校当时还为此举行了一个颁奖会。小智双手捧着奖状,站在两个高年级同学的中间,得意地笑着。那两个高年级的同学分别获得了比赛的第二名和第三名。当时小智就穿着他妈妈为他新买的球鞋,红色的宽大短裤甚是惹眼,脖子上的红领巾,则在阳光下显得鲜艳无比。

每次几乎都是和全校第一名一起上学和放学,时间一长,我的自信心似乎也来了。或许真的是有种潜移默化的作用,在认识小智后,我的棋艺有了大幅度的提升。

同样的,他在很多领域都做得非常好。他象棋下得如有神助,而我喜欢的乒乓球,他也打得左右生风。各种旋球,令我接球频频失误。虽然这让我一度十分懊恼,但是,我的球技也确实是在做了他的无数次手下败将之后,神不知鬼不觉地提升了。

败给他并没有让我觉得有什么不开心的地方,相反,我越发有一种想要打得更好的冲动。那时候中央五台体育频道经常有赛事转播,我也算是忠实的球迷了。每天第一时间会翻看母亲从单位拿回来的《西安晚报》,并非是看新闻,而是看报纸2

版、3版之间缝隙处的电视节目表。只要有比赛,我肯定是不会错过的。

说自己是球迷一点儿不为过,对乒乓球的喜爱,从小学一直到我高中毕业乃至上了大学。记得刘国梁、孔令辉支撑中国男乒的那个时代,在2000年悉尼奥运会的乒乓球男团比赛中,孔令辉0∶2不敌瑞典名将瓦尔德内尔,当我得知这个比赛结果时还黯然神伤。

为了提升我的打球水平,我还对着镜子纠正自己的动作。时间久了,那发球的动作,已经和专业选手没有什么两样了。

在我坚持不懈地努力下,父亲终于在我生日的时候,买了一副日本"蝴蝶"牌球拍给我当作生日礼物。那还是我上小学的时候,一副几百元的横板球拍贵得让我咋舌。后来我终于知道了真相,原来是我远在异地的大伯让父亲带给我的。大伯的球技,在当时他所在的那个城市是顶尖的水平,也正是看到了我对乒乓球的热爱,大伯才送这么一副奢侈品给我。

自从手里握有这个奢侈品,仿佛江湖侠客手握屠龙宝刀一般,我的球技也是日渐长进。我住的四层的大厅里,就放置有一个乒乓球桌。放学后,整个大楼都会回响着乒乒乓乓的声音,那是我对着墙壁不断练习的声音。

乒乒乓乓、乒乒乓乓,这声音一直在那个大教室里回荡。从小学一直回荡到我进入大学。

3

  小智教会我的，可不仅仅总是一些好的方面。人非圣贤，孰能无过？他也免不了。记得有一次放学，他和几个同学约好了去游戏厅，硬要拉着我去。在当时，我是和游戏厅那种地方"绝缘"的，根本没有想过要去那种地方，也对那些"打打杀杀"的画面没有多少兴趣。怎奈他们软磨硬泡，从他们充满向往的眼神里，我对游戏厅这种地方也充满了好奇：究竟那种地方有着怎样的魔力，能够让小智这样的聪明人也趋之若鹜？

  我渐渐被他们说动了，其实更多的是好奇。那天放学后，我在操场上徘徊了好一会儿，小智和其他几个"同党"在我身边等着我的答复。我猛地踢飞了脚边的一颗石子儿，抬头说了一声："走。"就这样，我和他们一起走上了那条"不归路"。

  当时的游戏厅还是那种投币的街机游戏，与后来逐渐兴起的网吧差异很大，也简陋很多。里面几乎没有女生，用现在的话说，都是一帮一帮的"屌丝男"。一进去，黑压压的一片。一张张青春的面孔，围在大大的屏幕旁，看得津津有味，说得心潮澎湃。我们把手里的零钱换成了几枚黄铜色的硬币，塞进游戏机里后，画面开始变得引人入胜了。里面人物的命运，遂掌握在自己的手中，那种感觉真的让人欲罢不能。

那段时间自己正沉浸在《三国演义》的历史故事中，正好，我们选择的那款游戏就是《三国志》，这更进一步地激起了我的兴趣。这也就是我后来总是对那款游戏念念不忘的原因。渐渐地，我与那种地方从开始的绝缘变成了正负极相吸，可以在小智不在的情况下，拿着自己好几天攒下来的零钱只身前往。当熟悉的老板看着我把一分一分的零钱一把堆放在他的桌子上，会笑着多捏一两枚游戏币给我："喏，省吃俭用到了这般境况，多给你几枚吧！"那时候，我真的觉得心胸宽广的老板是天底下最好的人了。

自己根本没有意识到，后来的每到星期天就和父母去医院看眼睛、查视力、点眼药水等，都和自己最开始鲁莽的不计后果的举动有关。

令我愤懑且不解的是，几个同学里面，只有我的眼睛早早地近视了，而小智和其他几个真正的游戏迷，居然一直保持着1.5的标准视力。

自从我的视力开始"江河日下"，父母就对我的每日行程严加管控了。还记得一次自己和小智在游戏厅里玩得正起劲，父亲的一双大手就拍在了我的肩上。具体的责备细节在此从略，只记得我和小智从游戏厅出来，都耷拉着脑袋，感觉像犯了天大的错误一般。而那个对我还不错的游戏厅老板，则掀开门帘，露着半张脸，对着我讪讪地笑着。"天底下最好的人"的形象，从那一刻开始，在我的世界里崩塌。

从那一次的"抓捕事件"之后，父亲对我严格了许多。好几次，小智都被父亲以我的学业繁重为由而拒之门外。我的课后行踪也被父亲定时检查而牢牢控制。

事实摆在眼前，当黑板上的字迹越看越费劲的时候，我也十分懊恼，为之前的行为和低级趣味而心生悔意。我开始对小智实行冷战，对他的热情及问候爱搭不理。小智也知趣地变得沉默了许多。时间一长，我方才觉得，我们俩早已形同一个人。没有了小智的日子，自己的生活少了太多的惊喜和欢乐，心里的那种空缺感让我无法继续冷战下去。那原本浓厚的"师徒"情谊如何割舍得下？

一个夏日的午后，我走到了那片漂亮的红顶楼群旁，隔着小智家10号楼门前的小路，站在对面的街角，用力地喊他的名字，希望他能够不计前嫌，忘掉大人们的"强权干预"，跟我和好如初。

声音掠过屋檐片刻，一个黑黑的小脑袋从二楼的窗户伸了出来，小智伸出右手食指放在嘴边"嘘"了一声，诡秘地一笑，随即又从窗边消失。没过几分钟，他穿着两只不同颜色的球鞋站在我的面前，似乎我们之间并没有发生过任何不愉快的事情。我们相视一笑，又继续"并肩作战"了。

这一次，他给我提了一个很好的建议。由于我们俩都是三国迷，他提议我们为《三国演义》进行细节上的扩充，在原著的基础上，再添枝加叶，进一步丰富里面的故事情节。我被他的这个真诚和完美的伟大构想感动了，当下就回家翻箱倒柜地寻找纸笔。当时真是恨不得让全世界马上都看到我们所写的鸿篇巨制。

伟大构想后的第二天，小智不知从哪里拿来几张大大的如同报栏张贴的海报那般大小的纸张，冲我得意地晃了晃。我知道，我们前无古人后无来者的大作就要拉开帷幕了。

整整一个周末，我们都沉浸在自己的创作世界里，那个世界里，不仅有着帝王将相、英雄豪杰，更有舍生取义、铮铮铁骨。

等父亲回来时，我把洋洋洒洒的几大页海报纸展示给他看，那是我们的杰作，密密麻麻写的全是字，按照古书的写法，由上至下，从右到左，而且写得有鼻子有眼。父亲没来得及看内容，但是几页密密麻麻的文字，已经让他惊诧不已。他没有料到，以前写个作文都没有多大兴趣的我，居然和自己的小伙伴写了这么多。

每每回忆起上面的情节，我总是很感慨：兴趣，是一个人愿意投入和努力的最佳动能。由兴趣出发并持之以恒，从量变到质变的转化，结果或许会让人异常地惊叹。

我们俩趁着那股激情，前前后后共写了上万字。现在回想一下，都觉得蛮吃惊的，上万字对两个上小学的学生而言，确实很多。也就是从那时开始，我们两个人有了三国情结，总是会在闲暇时读会儿三国的书，看会儿三国的电视剧。

4

　　小智的学习成绩一直很好，正如他的棋艺一般，总是名列前茅。每次听到有人夸奖小智是神童的时候，他妈妈脸上总是红通通的，洋溢着幸福的笑容。涂抹的口红衬托着他妈妈那张白皙的笑得像花儿一样的脸，显得特别漂亮。

　　毫无悬念，小升初的考试中，小智以绝对优势考入了重点中学，而我也由于长期受到他的"启蒙"，有幸再一次成了他的同班同学。

　　上了中学，小智渐渐变得沉默寡言了。刚开始的时候，我只当是学业的压力所致，但是后来，我才发觉问题其实并非那般简单。

　　还记得那是1998年的时候，全国的工人下岗潮铺天盖地地袭来，几乎一夜间，大街小巷都在谈论下岗的问题。也正是在那段时间，小智隔三岔五地不去上课了。

"喂，你见小智了没有？他最近怎么总是不来上课？你们俩住得近，他去哪儿了？"经常会有同学这么问我，我只能推说是他家里有事。

"有事？莫非他也下岗了？"哈哈哈，一个同学起哄，其他人一窝蜂地跟着笑。我却怎么都笑不出来。

同学们的起哄，让我想起了自己和小智有一次在那时候风靡的卡拉OK唱歌的经历。那一次，是我强行把小智拉去唱歌的，就像当年他拉我去游戏厅那般执着和热情。我点了一首刘欢的《从头再来》，唱得我是激情澎湃，而当我唱完将话筒递给他的时候，才发觉他的眼睛早已哭得红肿。当时我十分不解，想问个究竟，但是他始终不肯言语，我也只好作罢。那一次，我们悻悻而归。

直到有一天，我突然意识到，我每次见小智，不是他和他的母亲在一起，就是他单独和父亲在一起，似乎很少见到他们一家三口在一起的情景。

回想起我曾经问小智这个问题的时候，他总是推说他父亲很忙。但是我明明看到他父亲的办公室里，有一个卧室的隔间。原来他父亲晚上也基本上都在办公室住着。

"莫非……"

我不愿去想那似乎已是板上钉钉的事。

后来我听别人谈起，他的父母已经离了婚。我不愿意相信的事情还是发生了。小智的母亲正是在那场史无前例的工人下岗潮中下岗的。而一个家庭突然之间少了一半的经济来源，家庭必然会出现矛盾。他父母的离婚也正是这个导火索。

一个夏日的午后，炙热的阳光穿过路边整齐排列的法国梧桐，照在了那一片两层高的尖顶楼群中。在树丛的掩映下，还能隐约地看到楼顶上的经历了风吹日晒的灰色烟囱。我依旧站在那个街角，对着小智家的窗户大声地喊着他的名字。这一次，窗户慢慢地被推开了，小智伸出头笑了笑，示意我进去。

一段时间未见，小智变得更沉默寡言了。他母亲还是客气地招呼我，但是敏锐的我，明显地感觉到了一些变化。在我的印象中，那是我第一次见他母亲没有化妆。

原来离婚对一个家庭的改变是这样直接。

当我从他家出来时，回头望着那栋带着烟囱的点式楼，顿时觉得那栋楼仿佛顷刻间"老了"十多岁。

生活还是要继续。如何面对破碎的家庭，我想，小智在那段时间，应该是想了很多、很久。生活虽变得不完美，但是置身其间的人却可以不那么悲观。

他母亲在离他家不远的地方，开了一家小卖部，迎接着来来往往的顾客。小智经常会帮母亲把一箱一箱的货从货车上搬到店里。他已经从之前游走于江湖的"棋王"，变成了置身于柴米油盐的家庭支柱。

有一次,我和他一起帮他母亲卸货,完了后他母亲热情地将他们刚进回来的零食递给我一大包。咬在嘴里"咔咔"作响的零食,透着美美的滋味。他看我吃得津津有味,很是得意。他说,当看到那么多人都能够从他们家开的小卖部里买到满意的东西的时候,他就很有一种成就感。

初中毕业的时候,小智考上了市里的另外一所高中,我们彼此之间渐渐地少了往来。当我有一次从他母亲的口中得知,他加入了学校的篮球队时,还是差一点儿笑出声来。心想,篮球队的可不都得大高个吗?小智要是在篮球队,顶多能做个啦啦队队长吧!心里这么想,嘴上没说。后来在我过生日的时候,小智来了,那一晚蜡烛燃烧得旺旺的,而我的心里空荡荡的。

对面的小智,似曾相识,又觉陌生。他的身高已经不知何时蹿到了1.85米。地球引力似乎已经对他失效了。我必须仰起头来和他说话了。俯仰之间,他的身高变化巨大,我们之间依旧存在着最萌身高差,只是,这一回完全倒过来了。

给我激励、给我快乐的那个弱小的身影,似乎从那一刻起,只能存在于我的回忆里了。蜡烛燃烧着,我双手合十,许下了一个愿望。

"你许了什么愿望?"小智在蜡烛的那一边望着我。

"以后再告诉你吧。我们吃蛋糕。"我把那个愿望深深地埋入心底。

毕业了,他去了无锡,我们之间少了联系。我后来从父亲的口中得知,之前的考研梦想他放弃了,因为他想要早点儿出来工作,贴补家用,贴补他已经下岗多年的母亲——那个整日在小店忙里忙外、供他上学的"纺织女工"。

后来我们通过几次书信,我把我写的文章整齐地抄在信纸上,寄给他,那是关于自己对三国故事的一些思考。

作为共同的三国迷,我们有着太多的共同话题。那些曾经的英雄豪杰,都在我们的笔下驰骋纵横。我的文章是这么写的:

古人云,天时、地利、人和,三者皆备,则大事可成。三国时期的蜀国,不具天时,不具地利,空有人和,最终失去人和之时,也即亡国之日。

汉朝末年,汉皇室气数殆尽,统治体系、经济结构已经走向没落,蜀国欲兴复汉室,不具天时。

至于地利而言,隆中对的设想是立足荆州,再取西川,进可攻,退可守,待天下有变,伺机平定天下。遗憾的是,为刘备镇守荆州关羽,不仅与东吴的将军大臣们结下深仇,为刘备在以后的战争岁月中的辗转腾挪设下障碍,而且,更重要的是,荆州的地理位置,决定其终将会灭亡。正如同孙坚得到了传国玉玺,各路诸侯嫉妒生恨,传国玉玺乃不祥之物,孙权一语道破。荆州同理,处于魏蜀吴三国的交界处,为兵家的必争之地，也是多事之地、是非之地。占领荆州等于将众人的目光聚向自己，一旦有战事，荆州必将首当其冲。可以看到，在关羽兵败麦城之前，一部三国史，几乎是一部荆州战争史。荆州之地何其重要，刘备二分兵力于荆州、益州，一旦荆州于混乱之中失守，整个蜀国必将损失大半。

　　孔明的北伐，其实即使没有街亭之失，也不会成功。第一是由于路途遥远，六次北伐，几乎皆因粮草无法补给而宣告失败。第二，即使攻下长安，逼近许昌，魏国为了保国，必将联合孙权，东吴或许会调动荆州之兵，攻打益州，孔明必将班师。因为魏若灭，孔明必不容东吴独存，孙权明白此理，危机之下，曹吴会再次联合。

　　所以，蜀国仅有的人和，在六次北伐后，已经消失殆尽，不具天时、地利、人和，岂能成功。

　　他在回信中说道："你的看法很中肯，很高兴你有了自己的观点！"

　　他的这句话，让我兴奋极了，就像小孩子得到了老师赞许时那般自豪。是的，他还是那般聪明和勤奋，只是生活的压力、命运的轨迹，让他过早地失去了原本令人羡慕的生活。

　　命运有时候会垂青人，有时候也会戏弄人。他，还在用自己的聪慧和执着，描绘着自己的命运轨迹。

一排排苏联援建的社区老建筑，不仅有他小时候的回忆，也有我难以割舍的似水流年，难以释怀的青葱岁月。

　　我再次站在那个路口，凝视了10号楼很久。大大的"10号楼"的字样，已经变得斑驳。我鼓足勇气，用力地喊出了小智的名字，想象着那扇窗户能够再次被推开，然而，只有窗前高大的梧桐树的枝叶在风中沙沙地响。

　　我的记忆里少不了他。还希望有那么一天，那个经常透过10号楼窗户向我诡秘一笑的熟悉身影，能够再次出现在我的生命里，依然穿着那身长长的军大衣，蹬着两只不同颜色的球鞋，快步从那古老楼群里跑出来，与我会合。

你在我的记忆深处

每次走过那片尖顶楼群,
我都会停下脚步驻足片刻,
伸手触摸那已逝的岁月,
默默捡拾着自己遗落在那里的稀疏零落的"时光"。

苏式老楼在挺拔的杨树的映衬下，
多了一些沧桑，多了一些厚重。
我生活着的地方，这样的画面已经越来越少，
用不了多久，只能通过照片去回忆了。

直到现在，我依然很喜欢那种怀旧的感觉。有一次，翻越"千山万水"品味一家80后主题餐厅，里面充满了80后的集体记忆：

包括那种投币可以玩耍的街机游戏，

包括用餐时那种白底蓝边儿的洋瓷杯，

包括当年追过的四大天王等明星画册，

包括英语课本里的李雷、Lucy、韩梅梅以及那只会说话的鹦鹉Poly。

我的上铺兄弟

> '市场如战场,交易的生涯,就如同用兵作战,其中的理念都是相通的。'这是阿郎让我印象最深的一句话。

1

我再次见到他时,已经是十年后了。那一天,我们相聚在深圳中南海怡酒店,并约好了一起去东方港湾资产管理公司洽谈业务,去拜访具有"中国巴菲特"之称的但斌。我在酒店大厅口,逆上班人流而站,远远地就看见一个熟悉的身影,随着人流的裹挟,匆匆地向我走来。

外八字步依旧,鼻梁上的金边眼镜在阳光下闪闪发亮。不同的是,更加发胖的体形,以及一个几乎能够比拼孟非的光头。

十年的时间对于一些人而言,似乎看不出什么,但对于阿郎而言,那真可谓沧海桑田。当我握着他那双热乎乎的肉手,盯着那个可以媲美"孟爷爷"的光头时,已经明白,十年的风霜,全部浓缩在他的身上,他已经从留着分头的青年才俊,转变为"绝顶聪明"的"资本大鳄"。

他是我的同学,我们关系不一般。我们不仅是高中同学,还是大学同学,更重要的是,他还是我大学时期的上铺兄弟。

"阿郎,你怎么定义成功?"从东方港湾回来后,我们一起坐在酒店的咖啡厅,我喝了一口杯中的咖啡,打破沉默,问道。

"伙计,这个问题似乎很大哦。况且,我并不认为我很成功。如果能够像但斌那样，我觉得才叫成功。"

"这个不重要，关键是在我看来，你已经很成功了。"我看着陷在沙发座椅里的阿郎说道。

此刻，我们坐在咖啡厅里，慵懒地回忆着过去。他刚刚收回一笔大额投资，盈利颇丰。

他弹弹手中的烟灰，停了片刻，说道："我觉得，成功就是有能力和条件做自己喜欢做的事情。"

"那你觉得，成功都是由哪些要素决定的？"我像极了一个人物专访记者。

他手中香烟冒出的烟袅袅升腾，更加衬托出他原本自信的神态。我仿佛看到了高中时期的他，那个异常拼搏的曾经睡在我上铺的兄弟。

高三时候文理分科，我们分到了一个班。那时他个子不高，其貌不扬，身体胖乎乎的，用我们开玩笑的说法，他的身体略微浮肿。鼻梁上架着一副眼镜，衬得他原本就已经很圆的脸庞，显得更圆了。镜片够厚，从侧面看去，一圈一圈的，度数有个五六百度。

为啥没戴隐形眼镜？

这个问题我也问过他好几次了，答案竟是那么悲摧——对隐形眼镜过敏！

当时戴着一副隐形眼镜的我，看到他，还真是蛮有优越感的。

每次当舍友们调侃他那躲藏在厚厚的眼镜后面的一双眯得似一条缝一样的眼睛的时候,他都会义正词严地说道:

"要什么颜值?真没文化!这样才显得稳重和成熟好吗?!"

他总是能够用自己的不容抗辩的口才,重重地向调侃者泼一盆冷水。

毕业很多年了,往往听到周边人说,还是学生时代幸福,每天只要学习就好,而且还有人教你。其实,当年身处其中的我们,根本没有时间和精力去感悟这些,而更多的则是教室—宿舍—食堂间的三点一线。我们仿佛就是一辆辆的汽车,在三个不同的加工厂进行组装加工,不断地被检测和维修。白天被不同的课程轮番轰炸,晚上还要继续挑灯夜战。三天一小考,五天一大考,每周进行一次成绩排名,仿佛我们是即将上战场的士兵,精神紧张,同时身心疲惫。

那一年,高考又偏偏提前一个月,从7月初提前到了6月初,也就是6月7号、8号两天。更甚者,在那一年,中国迎来了史无前例的非典疫情。

一场号称SARS的病毒于2002年11月出现在广东佛山,并迅速形成流行态势,2003年3月以后,疫情向全国扩散。

那段时间,每个人的心里都会有不安和恐惧,谁也无法预知,自己是否可以躲过病毒的袭击,这场"战争"究竟什么时候才能取得胜利。

当时学校对于出入校门的师生以及家长，进行了严格的限制。有些未住校的走读生，每天上学放学出入校门时，都需要进行体温测量。如果哪一次测量的体温偏高，便会被转移至校医务室进行进一步确认。住校生则一律不得离校，除非有校领导的批示才能放行，并且每日会有名额限制。家长来给孩子送东西的时候也必须戴上口罩，在校门口进行交接。一时间人心惶惶。我和阿郎的友谊也正是从那时候开始的。

那时候，我住校，疫情之前我是每周回家一次。他是走读生，每天往返于学校和家之间。随着疫情的扩散及加重，学校对于走读生的检测越来越严格。而正是那段时间，同学们都开始疏远走读生，因为大家都不确定，他们身上会不会携带病毒。走读生不多，一个班里也就几个人，所以，阿郎和其他几个走读生渐渐被孤立了。但是他并不在意这些，因为他明白，摆在他面前的最重要的事情就是考上一所好大学。其他的事情在那一年而言，都是次要的。

他的想法其实与我不谋而合。他的成绩相当好，我有问题经常就会请教他，他绝对是知无不言。

有一次，由于前一天晚上熬夜太晚，第二天早晨实在是起不来，我就撒了个谎，让舍友代我向班主任请个假，说我发烧头晕，请假半天。其实后来我就后悔了，那个时候以这样的借口请假，真可谓"不作就不会死"。

果不其然,开课不一会儿,班主任就推开了我的宿舍门,一双狐疑的眼睛盯了我半天。

"听说你发烧了,现在感觉怎么样?"班主任站在门口问。

天啊,这才开课了几分钟啊,如果真的是发烧,现在能感觉怎么样呢?我心里默默地想。

"还好,还好。下午就去上课,没事的,卢老师。"我有礼貌地回应道。

班主任这个时候才走进了我的宿舍,摸了下我的额头,说:"不行的话,去医务室看看?"

"哦,没事,我现在已经感觉好多了。卢老师放心!"我赶紧回答,同时在心里骂了自己N多遍。

班主任走了出去,而我也睡意全无,同时竟有了一丝莫名的小感动。老师的关爱,确实给了我一个上午的"好心情"。

下午我按时走进了教室,走向了我的课桌。

"咦?你怎么坐在我这里?"我看到我的课桌上满满地摆放着原本坐在我后面的王同学的书,不禁惊讶地问。

"这个……是班主任的意思!"王同学有点儿不好意思地支支吾吾。

班主任这时候也走进了教室,他猛地咳嗽一声,全班鸦雀无声。

"那谁!你,对,你坐在那里!"班主任很强势地用手指指着教室的角落处，那里摆放着一张双人课桌。

我想申辩，结果嘴张了老大，就是没有说出一个字来。班主任那严肃的神情，一时间让我无法抗辩。他的"关爱"真的让我受宠若惊！我果然被他认定为"危险分子"了。

看着原本坐在我左首的班花，她妩媚的大眼睛，也向我投来同情的目光。没有她在我身旁，我的学习效率可是要直线下降啊！而且，原本属于我的地盘，此时直接杀出王同学这么一个"程咬金"，我的悲伤和沮丧，简直要逆流成河！

别无他法，自己也不能在大庭广众之下一怒为红颜吧？我拎着书包，走向了角落处的"特座"。

这个时候我才看清楚，和我一同坐"特座"的"幸运儿"居然是阿郎。哈哈，好吧，真是一对难兄难弟啊！从那一刻开始，我们俩真的成了生死之交了。

2

从那次之后，同是天涯沦落人的我们，"食则同桌，寝则同榻"，恰如刘皇叔与孔明一般，终日共论天下大事。什么"三个代表",什么"科学发展观",我们都可以倒背如流了。

每到中午,同学们都在12点钟下课后,一窝蜂地奔向食堂,各种饭盒勺子,叮叮当当地碰撞着,如同敲锣打鼓般震耳欲聋。当时学校的食堂小,总计就两个窗口,同学们则都是有说有笑地在两个窗口前排着长队。平均下来,排在后面的基本上要等待十分钟左右才能打上饭菜。

我和阿郎就在大伙儿排队这个当口儿,每天最后走出教室,用这挤出来的十多分钟至二十分钟,一起做完了一篇又一篇的英文阅读题。当食堂前的排队长龙消失后,我们俩方才满意地走出教室,开始犒劳已经有点儿饥饿感的肚子。

一年下来,一本厚厚的英文阅读进阶,被我一篇不落地做完了,而且这本书也正是我每天利用大伙儿排队的时间,日积月累做完的。后来的考试中,英文阅读给我提分很多。真的很感谢当时坚持的自己,也感谢当时有阿郎的陪伴,让我们彼此一如既往地坚持着。

当时除了中午,晚自习也不例外。我们每天晚上会抽出半个小时的时间,预习第二天的课程。这个大伙儿都知道的方法,被我坚持下来后,学习效率大大地提升了。而且时间一长,就能感觉到这种方法实际上是在帮自己节省更多的时间。

还记得一天晚上,我们一起去食堂吃晚餐,那天晚上不巧停电,厨师在食堂门口立了一个大炉子,上面放一口大锅,娴熟地用大勺子搅拌着一锅色香味俱全的炒饭。火炭在锅底下烧得通红,一串串的火苗从锅底顺着锅沿儿蹿上来,并不时地向空中"吐"着点点火星。那火星犹如一个个小小的萤火虫,不断地向上飞,向上飞。

看着那些"萤火虫",我许下了一个愿望,愿我们能够如愿以偿地进入心目中的象牙塔,并在以后的人生旅途中,能够越飞越高!

时间过得很快,黑板旁的高考倒计时牌上的数字已经由三位数变成了两位数,又由两位数变成了一位数。

我和阿郎相互鼓励,日夜奋战,进行最后的冲刺。

"成功是什么?"一天晚自习后,我问阿郎。

"现在成功对于我来说,就是考上名牌大学,将来才能'为所欲为'!"说完,他满意地朝我笑了笑。

"怎么才能为所欲为呢?"我又问。

"把一切闲散的时间用来做最有意义的事情。就现在而言,就是用所有的时间来复习。你看看,倒计时已经只剩下不到十天了。我相信事在人为,只要努力,就能成功!"阿郎不假思索地说道。

那一晚,我们俩决定考同一所大学。

其实那一年高考提前一个月,对于我们而言,没有太大的影响。提前考完,可以提前摆脱那种"暗无天日"的岁月。正所谓"早死早超生"!

那一年的题据说是有史以来难度最大的一次。那次我考完数学后的感觉也非常不好,题都没做完。我还记得考完数学科目走出考场的那一幕,几乎没有一个考生脸上挂着笑容。走出校门,我甚至看到一些女孩子泪眼汪汪的,旁边的家长在不停地安慰。

"考得如何?"阿郎从我身后在我肩膀上拍了一下。

"马马虎虎啊!题都没有做完。"我面无表情地说道。

"正常!你要是做完了,那叫牛逼,就不正常了!"他说完咯咯一笑。

"竟然还笑?"我有点儿责备的口吻。

"不怕不怕,大不了补习一年,来年再战!这事我想得开。"我知道他是在安慰我,也是在安慰自己。但是这招明显管用,我不再那么沮丧了。是啊,即使高考失利又如何,补习一年继续考啊!

那时候还是先填志愿,之后才公布分数。每个考生也都是一遍又一遍地估算着自己的分数。我还好,想起了阿郎的那句鼓励的话:"大不了补习一年!"

我们俩都在志愿上填了目标大学,之后,就是漫长的等待了。

查分数的那天,我午休一觉睡到了下午5点多,起来方才想起来当天是分数的公布日,急忙走到书房。父母已经坐在电脑跟前了,父亲用手指生硬地在键盘上敲着我的准考证号码。原来他们比我还着急啊。

父亲点击"查询",电脑屏幕显示正在加载中……

过了几秒钟,分数跳入我眼帘的时候,我内心为之一震。

"559分!"我反应过来后,兴奋得叫了出来。父母两人像孩子一样,拍手庆祝。

那一年一本分数线467分。

那一年,我和阿郎如愿以偿,进入了同一所大学。

经过了"非典",经过了高考,考中了同一所大学,那就是所谓的"真爱"啊!

3

大学时我们虽是不同专业,但是分到了一个宿舍。他果断地霸占了我的上铺位置,就如同当年的王同学霸占了我的"风水宝地"一样。就这样,当年的生死之交,如今成了上下铺兄弟。有时候,缘,真是妙不可言!

大学的生活可谓精彩纷呈,与高三时候的"军营"相比,简直是两个世界。

那时候，对于大多数的新生而言，不是加入各种社团，就是死啃英语高数。我也不例外，只是，我自己有了新的爱好：摄影。

那时候，柯达、富士、柯尼卡的胶卷还很风靡，我揣着父亲的二手"凤凰牌"相机，开始了走南闯北的生涯。那款装胶卷的相机，满足了我的绝大部分的猎奇心理，让我开始用镜头描绘自己的大学图景。

每逢无课的下午，我就会背着几盒子胶卷出去采风。回来的时候，也是第一时间奔赴学校餐厅旁的照相馆，花钱去洗胶卷。

那时候的最大弊端就是一卷胶卷三十二张，按快门三十二下，这个胶卷的使命也就完成了。是好是坏，只能等洗出来才知道。现在真的不敢算，当时的自己，究竟把多少平日的零花钱换成了一张一张的并不出彩的照片。

当时尽管用的是那种老式的胶卷相机，但我很喜欢拍出个性的照片，用一些小技巧使洗出来的照片有一种神奇的效果。比如要照出大雁塔的倒影，那么在照的时候，在镜头前面放一枚小镜子，这样照出来的效果就是大雁塔以及"水中的塔影"。

还有一个小技巧是多重曝光。现在的单反相机进行多重曝光其实并不难，进行一定的调试便可以完成。但是当时那种传统的胶卷相机，进行多重曝光就比较麻烦了。阿郎帮我想了一个办法，将快门时间拉长，镜头对准要拍摄的物体时按下快门键，之后用镜头盖挡住镜头（也就是挡住光源），紧接着调整镜头的角度和方向，最后再撤掉镜头盖，让调整后的镜头里的新画面的光源进入曝光程序。这样，不同的角度拍摄的画面会重叠在一张照片上。

就是用阿郎想出来的这个办法，我在毕业的时候亲手为他照了一张照片。照片背景是我们的主教学楼，而教学楼的前面，昂首挺胸、双手叉腰地站着两个阿郎。

回想一下，摄影这个爱好，也是自己当时生活拮据的罪魁祸首。

要说起生活拮据，那时候可能还要数阿郎了。

这还要追溯到大一的第一学期。我们进入象牙塔的激情还没有退却的时候，阿郎的生活已经发生了翻天覆地的改变。

他请了两天假，同时隔了一个周末。再看见他时，胳膊上已经戴着一个"孝"字。顿时，我一切都明白了。他早就给我说过他父亲的身体状况不乐观，我根本就没有在意，没想到，来得如此突然。而且，他还有一个妹妹需要他照顾。

令我敬佩的是，他没有就此消沉，而是和往常一样，在大家面前谈笑自如，依然保持着自己一贯的诙谐与幽默。

说起大学的时光，阿郎还有一件事情让我刮目相看。

当时我的强项是数学，包括高数、运筹学以及统计学等。

有一次，我在其他学院的课堂上旁听，发现那个保险专业的老师每堂课都轮流着让底下的学生上去讲课。当然讲得有好有坏。但是，这种新颖的授课方式让我很受启发。

当我告诉阿郎的时候，他很兴奋，想要试一试。

后来，在我们的统计课上，当老师讲完课即将拎包走出教室的时候，阿郎猛地站起身来，向老师建议，下一堂统计课，由他来给同学们讲授。

"老师，我觉得学生授课模式不错，我们也可以借鉴。要不，下一堂课，就从我开始吧！"阿郎自信地说道。我还以为自己听错了，但是看着窗外阳光映衬着他自信的脸庞，我知道，他在挑战自我了。

不用怀疑，老师爽快地答应了。

两天后的统计课，阿郎就一个案例用了四种不同的方法解答完后，台下的统计学老师以及同学，都报以热烈的掌声。阿郎瞟了我一眼，我给了他一个大大的赞，并微笑着点了点头。那一次授课，真的让我体会到了，台上十分钟，台下十年功。就为了那堂课，他整整两天的课余时间可都是在备课中度过的。

"还好，自己吃透，讲得明白，同学满意，这就够了。"每次当我提起这件事情，他总是若无其事地这样说。

4

大学的几年，阿郎其实没有多少改变，在宿舍的大部分时间里，他都在翻看报刊，诸如《经济观察报》《上海证券报》《第一财经》等。他对市场一直保持着高度的敏锐性，市场上不时上演的并购重组案例，他都如数家珍，可以详细地为我们讲述其中的来龙去脉。同时，他自己开始深入地研究资本市场，还特意开通了一个证券账户。起初我们都认为他这是不务正业。

"股市有风险，七亏二平一赚，你没听过吗？"每当我这样告诫他时，他总是微微一笑，伸出右手的食指，淡定地说："我就是那十分之一。"

我们当时正好有一门课程是"证券投资"，他学得异常认真。我当时是被市场"虐待"而对这一门课抱有偏见，其他的"同僚"也好不到哪里去。只有阿郎，整堂课都是腰杆直挺，聚精会神，生怕漏掉一个知识点。

"你的特长是什么？你将来想做什么？"

当课堂上老师很严肃地问他这个问题时，他不假思索地说道："我的特长就是炒股，我想成为一名伟大的交易员。"

他的一本正经，让同学们大笑不止，老师估计也没有想到他会来这么一出，一时竟不知如何回应，我觉得老师肯定是对阿郎的这一目标嗤之以鼻。我估计，那可能是老师在股市里一直被深套的缘故吧！

很多人以为他只是说说而已，但我知道，他是那种一根筋的人。其实，在他与老师的那一番对话之前，他已经是我们几个死党公认的"股神"了。在我们几个都无脑地闯进市场并折腾数月，亏损累累之际，他已经从最初的本金不足两万元，到盈利两倍有余了。这在当时的大学生中，也算得上自己为自己挣得的第一桶金了。

"还好，你没有说这段时间你的盈利情况，要不然，老师可能就发飙了。"我打趣地对他说道。

"啊？怎么会？那样，他就更应该支持和理解我啊！"阿郎还是那么一本正经。

"哈哈，你就装吧！老师正被深套着，要不然，他会给你颁一个奖章。谁让你割了他的韭菜？"我说完做了一个鬼脸。

阿郎则不紧不慢地用手捋了捋他那"顺滑飘逸"的头发，之后向我竖起大拇指，说道："真相不可对外人道哉！"

自那以后，他低调了一些，不在其他人面前评论市场，只在我们几个死党之间，时不时地显摆下他的最新交易模型和漂亮的净值走势。

大学四年的学费及杂费,他都是自己通过市场挣得的。他家境并不殷实,还有妹妹需要照料,他不仅没有向家里要过一分钱,还拿出一部分来孝敬长辈,资助妹妹。我很佩服他,佩服他对于市场的分析判断力,佩服他以身作则、兼顾家庭的能力。

我当时在想,如果他的出身再好一些,比如是一个富贵家庭,那么,可能已经很成功了。因为起码从最开始,他不会为了生计而与宿命抗争,他会更早地起步于更高的平台。

临近毕业,我在整理自己的书架时,厚厚的几摞照片,布满了层层微尘。用手轻轻拂去,一张张水准参差不齐的作品让我能够回忆大学几年来的点滴。而阿郎,他的证券账户里,已经通过自己从大二开始的两年多的交易,积累了工作之前的第一个人生十万元。

十万元现在看来虽不是很多,但是对于一个没有工作的学生而言,对于初始资金只有不足两万元的他而言,真的是难能可贵。

当我还在"舞文弄墨、赏月赋诗"之际,他已经摆脱了生活拮据的境况,开始拥有了自己安身立命的核心竞争力了。

毕业的时候,我去往深圳,而他,留在了西安。我可以一展天高任鸟飞的豪情,而他,必须脚踏实地,实实在在地肩负起家庭的重担,接续"父辈的旗帜"。

他说他要努力使自己能够像他父亲那般优秀。他认为，正是由于时代的进步，所以让我们有一种错觉，总以为自己比上一代强，见多识广。其实，如果将自身放置于上一代所处的时代背景以及消费水平下，或许，自己做的不会比父辈们好多少。对于他的这些话，我深以为然。

他进入了一家基金公司，而我，进入了一家股份制银行。两个地域、两种体制，让我们在各自的世界里忙碌起来，不再像以前那样抬头不见低头见，更多的时候，是节假日的祝福问候。

毕业一年后，他就结婚了。我特地从深圳飞回西安参加他的婚礼。他家在县城里，县城不大，他用自己刚刚买的新车作为花车，绕县城一周去接新娘。我坐在头车后面的车里，心里百感交集。上铺的兄弟，似乎每一步都走得那么坚实，那么有力。婚礼现场，当聚光灯照射在阿郎身上时，他用已经哽咽的有些沙哑的声音，向他的一生挚爱，做出了最真的告白。我在台下，也被那种氛围以及他的真诚深深地感动了。

北京奥运会的火炬传递，在2008年初传到了深圳，那一天的深南大道，人声鼎沸，到处能够看到鲜艳的五星红旗。那段时间，一曲《北京欢迎你》走进了千家万户，响遍了全国几乎每一个角落。当歌曲带来的热度还未消退之际，一只"黑色的天鹅"已经悄然飞临，并且重重地振动着巨大的"翅膀"。

2008年5月12日，公司上百号人依旧像往日般忙碌，我也正在33楼的办公室里盯着电脑写材料，突然感到了一阵眩晕，电脑屏幕似乎也微微地晃动了一下。很快，稳定了。

"好吧，也许是昨晚没睡好的缘故！"我思忖着。

又是一阵晃动，比刚才明显了。

我抬头看了看其他同事，很安静，未见异常。

当我正要继续工作时，突然听到有人在窃窃私语：好像是地震了。

不一会儿，大家讨论的话题都趋于一致了。真的是地震了。据说，震中在四川省一个叫汶川的地方。

"在四川？天啊！四川地震，我们这里都能感觉到。"

我旁边的同事惊呼起来。

"网上有报道了，7.8级地震，堪比唐山地震的强度啊！"网络上的各种报道已经铺天盖地了。

我赶紧拨通了家里的电话，还好，一切正常。西安的震感比深圳强得多，不过万幸的是家人一切尚好。即便如此，很多家庭也将会因这场地震而改变。

我坐在椅子上，没有思路地静静坐着。

一个短信的消息声打断了我的沉思，我拿过手机点开一看，是阿郎发来的。

"四川有强震，西安震感很明显。你那边，一切是否安好？"看到这一行字，瞬间觉得异常温暖。

"一切尚好，过年回去，与君再聚。祝一切顺利。"我点下发送键，送去我遥远的祝福。

之后几个月里，受灾人数不断上升，震级被修订为8级。还记得当时公司会在特定的时间召集同事们聚集到会议室，一起为逝者默哀。有的同事在那几分钟里，哭得不能自已，想必是受到了汶川地震直接或者间接的影响。

5

在我们毕业的第七个年头，阿郎成立了自己的基金公司。

投资这行，确实风险巨大。就在阿郎成立公司的第二年，中国的A股市场迎来了空前绝后的股灾。

那段时间，我们不断地交流着对于市场走势的看法以及策略。股灾期间的煎熬，让人记忆犹新，真的感受到了平静和平凡的生活，是多么幸福！

2015年6月，市场一改那种疯狂向上的走势，开启了断崖式的下跌模式。上证综指的跌幅也在不断地刷新着历史纪录。每一天坐在电脑前,总会面对着一片绿油油的数字,恐怖异常。没有硝烟的战争,更是让人身心俱疲。

时间进入7月,国家队开始救市,但是成效并不明显。上证综指在短期的几天反弹之后,再一次进入了暴跌的通道。无论蓝筹还是中小创,均是清一色的跌停收盘。

清仓吗?身处其间,谈何容易!

谁都知道这样的暴跌会得到市场的修复,都不想失去那超跌反弹的可能机会。结果,市场让所有人都大跌眼镜。用一句流行的话说就是,市场专治各种不服。

我自己仓位的浮盈,也已经消耗殆尽。而阿郎管理的基金,是有杠杆资金的。无形中,在市场的暴跌通道中,损失越来越多。我开始为他的公司运营情况担忧起来。

"兄弟,这场灾难不知道何时能结束,你现在要做的,就是降低自己的风险。目前绝对是现金为王。"我在电话这头吼道。因为我知道,这行出现极端行情的时候,很多人的决策会越来越不理智。

"还好啦,"电话那头传来很疲惫的声音,"我的资金,还能扛住两个跌停板。"

"不要对大盘再抱有任何幻想,减仓吧!"其实,我虽这么说,但我心里明白,那是多么难的一个决定。

2016年元旦过后,熔断新规,又让市场出现了流动性枯竭。全天开盘不过半小时，当天的交易就已经结束了。看着绿油油的一片，仿佛是在看一出滑稽剧。

"我很累，很累！"熔断暂停后，我打电话给他时，他已经对这个所谓的"利好"消息不为所动了，声音中透着无尽的疲惫。

我担心极了，半开玩笑地说："你可千万要挺住，不要像各种媒体说的那样，去天台溜达！"

电话那边沉默了，半晌才听到电话里一句明显的强烈克制情绪的话："好，明白，那还不至于。"

金融市场的神奇之处就在于此，就在最无助最绝望的时候，整个大盘开始了横盘整理，止住了那种瀑布式的下跌。

后期的走势，恰如他所言。阿郎忍住了大盘的疯狂，硬是在股灾后的一年里，将自己的基金净值做到了接近2的水平。

其实在投资这一行，我还是很佩服他的。他对市场的分析和判断，总是能在不久后得到印证。因为他的预判并非仅仅靠运气，而是靠严谨的逻辑思维、合乎情理的推理支撑的。

他向我推荐的标的经常能够应验，我对他也是赞许有加，而他，更是给点儿阳光就灿烂的类型。"那你干脆把我供奉起来吧，态度要虔诚哦！"他总是会这样打趣道。

"哈哈，好啊！"我应和道，"只要这一次我的重仓股表现能够如你所言，我就在秦岭深山里寻一高处，修建庙宇一座，专门供奉你。山的名字就叫'奉君山'。"

"哈哈，香火收入貌似会很可观啊！"说着，他又一次露出了孩子般的笑。

也正是在阿郎的影响下，我在闲暇时会专门抽出时间研究盘面，神奇的曲线，起起伏伏之间，便几家欢喜几家愁。我一直在试图找寻看似变化万千的曲线中蕴藏的固有规律。这前前后后，从毕业至今，也有十年了。

随着时间的推移，我和他的工作之间，有了越来越多的交集。同处在一个圈子，共同感受着市场的脉动。

那天下午，我们坐在咖啡厅，我像一个财经记者一样，问到了他对市场及他自身的基金管理的感悟。

"这么些年，你一直坚守在这个市场中，看过了牛熊的转换，你觉得自己收获最大的是什么？"我问道。

阿郎听到我的这个问题，从沙发里坐了起来，说道："其实，经历浮沉后，才会发觉，找到内心的平静，是一件幸福的事情。在市场中厮杀的每一天，都会逼迫自己萌生一种强烈的生存欲望。我想，在市场中找到适合自身的生存法则，或许是最大的收获。"

"你的生存法则是什么？"我进一步问道。

"这个说简单也很简单，说复杂也很复杂，因人而异。说到本质，就是一种理念和一套规则，通过理念来攻城略地，通过规则来控制风险。"他说完,吐出一个大大的烟圈。

"其实,在极端行情下,你也近乎失败了。"我刨根问底。

"那是市场的极端情况,正是这几年的熊市,彻底地教育了我,让我重新审视自身,重构交易体系。说实在的,其实慢就是快,而很多市场的参与者,都往往忽视了这一点。这也就是理念或者说观念的不同,造就了不同的结果。"阿郎喝了一口咖啡,继续说,"市场中的交易,就和行军打仗一样,需要考虑到天时、地利以及人和。天时,就是宏观的环境以及市场的整体走向;地利,可以理解为我们选择持有的标的的优劣;人和,可以类比为我们的能力和经验。这三个方面,缺一不可。"

我饶有兴趣地仔细听他的理论。

阿郎接着说:"对我而言,交易需要等待时机,就相当于作战等待战机。没有哪个军师会让自己的士兵每天都处于战斗状态,同理,交易也必须学会休息,也就是让自己的士兵休养生息。看似慢,其实快。另外,需要根据自身的特点和性格,钻研出一套自己的交易模式,否则,可能很多年,你都是被市场牵着鼻子走。"说完,他靠着沙发,长吁了一口气。

"这么些年,确实不一样了,都成哲人了!"我笑道。

"嗨,这些不值一提。说说你吧,你曾经想当导演呢!"阿郎深深地坐进沙发里,打趣地说道。

"哈哈，别提了。那都是过去时了。"我摊开双手。

"其实那个时候，你的精神可嘉。如果你是在北影，那么或许真有机遇！"

"其实，我也这么想过，从摄影过渡到导演。用电影的方式把自己的故事讲给别人听，是一件很美妙的事情。"我坦言。

"结果如何？"阿郎笑了。

"我想明白了一件事。其实，我一直都是一个导演，我在不断地导演着自己的人生！只是，没有重新拍摄的可能。"说完，我们都沉默了。

"你怎么定义成功？"我喝了一口杯中的咖啡，打破沉默，问道。

他弹弹手中的烟灰，停了片刻，说道："我觉得，成功就是有能力和条件做自己喜欢做的事情。"

"那你觉得，成功都是由哪些要素决定的？"

"机遇很重要，而自身的努力不可或缺。其实，一个人的出身，往往很大程度上决定了他成功的概率，对于普通人而言，运气和出身决定上限，勤奋和努力决定下限。这或许就是所谓的命运！"

市场的起起伏伏，练就了他沉稳的处事风格，就如他所说的，市场如同战场，就像带兵打仗，不能过于自负，也不可遇事犹豫不决。需要在天时、地利、人和皆备的情况下，抓住机遇，锁定胜局。此外，更多的时候，都是等待。等待可以规避风险，等待可以让自己更趋向于理性。恰如孙武的兵法所言："胜于易胜者也。"

他总是在最有把握的时候出击，锁定一场战役的胜局。之后，就是静静等待第二场战役的到来。他不会让自己的"士兵"每一天都疲于战斗而没有休养生息的机会。对于这一点，我很是赞同。试想一下，有多少失败的交易，是因为没有遵循他这样的交易理念而出现的呢？所以，端正理念、遵循规则、磨砺心性，也许是每一个人都应该做的。而阿郎，确实为我上了很好的一课。我由衷地感谢他。

我们总会在某个路口，命中注定地与别离相遇。
　　一生中，我们会经历很多这样的路口。
原来人生，就是一场不舍的离别，一段无法回头的行程。

毛哥的逆袭

> 他曾跟我说过,他的天资不好,学历不高,不善于语言表达,很多的技能和知识都要刻意地去锻炼才能掌握。勤能补拙,这是他的座右铭。时光荏苒,再回首时,我才发觉,原来,勤奋和执着,竟然是他最好的天资。

1

第一次见到他，是在父亲的办公室里。那天我推开父亲的办公室门，就看到父亲在和一个年轻人聊天。父亲给我介绍这个年轻人姓毛，是刚来的实习生。父亲管他叫"小毛"。他长我五岁，我习惯地称他为"毛哥"。

他留着当时还很时髦的香港影星郭富城的发型，瘦瘦的脸庞显得异常清秀。他坐在父亲办公桌对面的沙发上，双手紧握，略显拘谨。

后来我才知道，毛哥只有中专文凭，虽然学历不高，但是人很勤快，又为人忠厚，是我二姨之前的学生。毛哥作为她曾经的得意门生，被介绍来做父亲的助手。毛哥对我也很是客气，我觉得他人很好，毕竟年龄相差不大，我和他也有着很多共同语言。

应工作的需要，毛哥要经常扛着摄像机拍摄一些素材，所以，办公室里昂贵的摄像机便成了他的"大玩具"。他对于这样一个以前未曾碰过的东西很是喜爱，整日里埋头把玩。

一旦有闲暇，他就研究机子的各种功能及各种拍摄技巧。考虑到毛哥家离公司较远，每日的往返太过耗时，当时我们家的隔壁是一间大的空教室，父亲专门将其中的一个隔间腾了出来，作为毛哥的休息室。这样，毛哥几乎吃住都在单位了，一周回家一次，有了更多的时间钻研业务。由于他就在隔壁，很多时候他都是来我家"蹭饭"。

毛哥住的那间房子有两道门，一道是原本的木门，一道是后来加装的防盗铁门。听他开门关门的次数多了，我逐渐掌握了一个规律，那就是我可以凭借听到的关门声音，判断出他究竟是刚出门还是刚进门。当木门的关门声在先，而铁门的关门声在后时，无疑，毛哥一定是出门了。当铁门的关门声在先而木门的声音在后时，那么可以断定，毛哥一定是从外面回来了。我一度为自己的这一发现而得意。

有一次，临近吃午饭，我听到隔壁的木门砰的一声响，随后是防盗门的声音。我知道，毛哥应该是出去吃午饭了。这个时候母亲解下围裙，示意我去叫毛哥来家里吃午饭。

"他不在，出去了！"我得意地说道。

"你怎么知道？几分钟前我还见他在屋子里呢！"母亲有点儿不高兴，以为是我想偷懒而信口开河。

"不信你去隔壁看啊！"我坚定地说道。

母亲那次还真的去隔壁验证了一番，结果叫了半天，也没人开门，母亲才信了我。当我把发现的这个规律告诉母亲后，母亲才恍然大悟。

那次是由于毛哥临时有急事出去了。如果开饭时间毛哥在的话，我就会把家里大号的碗拿出来，感觉这样他才能吃饱。

久而久之，我已经习惯这样的小型聚餐了，也把毛哥看成是"家庭"的一分子了。

毛哥争强好胜的性格，让我现在回想起来，都记忆犹新。既然已经成了"家庭"的一分子，那么一些棘手的事儿，他就要操心了。

毛哥虽然只是中专毕业，但是之前学过的那些东西，他都能烂熟于心，并且能举一反三，灵活运用，并与实际结合得恰到好处。

谁家电路坏了，找他准没错，凭借着高中的物理知识，他几乎是不费吹灰之力。

那时候家里看电视，信号线一直连至楼顶的电线杆子上，最终连上那个白色的且很多家庭都会安装的有线电视"锅"。有一次，大风将信号线吹断了，家里的电视顿时没了信号，像是受到了强烈的磁场干扰一般，每个频道都是黑白交融的雪花点儿，在屏幕上不停地跳动。

毛哥经过一番检查后，拿着工具上到了楼顶。楼顶的信号线被刮断了，线从高高的电线杆子上垂落下来。

"我的天啊！这得爬上电线杆子才能把线接好。"我看了一眼后，便发出这样的感叹。

谁知毛哥二话不说，挽起袖子，斜挎上工具包，便一下一下地顺着电线杆子往上爬。

"快下来,太危险了!"父亲在底下神色紧张地仰头喊道。

"没事儿。这活儿我在家里经常干,一会儿就好。"毛哥的声音在高空中回响着。

太阳从斜上方直射下来,炙烤着大地。我眯着眼睛,能看到毛哥被汗珠浸湿的衬衣。

看着他的身影越来越小,而且在我的视线里随着电线杆子左右晃动。我闭上眼睛,不敢直视那惊险的一幕。

虽有太阳,但是上面似乎风很大,我能听到从高高的电线杆子上传来的"咯吱咯吱"的声音,声声入耳,仿佛汇就了一曲"恐怖交响乐"。

毛哥大声地和父亲沟通着,我没有心思细听他们说的是什么,只希望他能够快点儿下来,脱离危险。

当看着毛哥的身影逐渐变大,最终双脚着地后,我才长吁一口气,悬着的心才稳稳地落下。

当然,除了好强的性格,他还有细心的一面。

记得中学期间,平日里主课程包含物理。由于刚开始接触物理,我一点儿都不开窍,父亲想了一个好办法,每次我做完物理习题,就让毛哥帮我检查。

父亲真的找了一个好帮手,我真的遇上了一个好"老师"。第一次帮我检查,约莫过了一个小时,他就拿着我的一套模拟试卷，改好了放在我面前。试卷上散落着不计其数的"×"，都大大地画在了我的答案上。

我怔住了，这个"老师"靠谱吗？

说实话，那个时候我还真不大相信自己会做错那么多。

毛哥拿着笔，并肩坐在了我的身旁，开始给我一道习题一道习题地讲解。又是一个多小时，他不厌其烦地从最基本的原理、做错的原因等详细地讲给我听。我只能不停地嗯嗯啊啊。

第二次，当我的试卷又一次满篇"×"的时候，他将我叫到了他在隔壁的卧室，拿着粉笔蹲在水泥地板上写写画画。我记得很清楚，那一次他讲的是关于物理学里面的电路并联、串联的章节。那个晚上他几乎把地板写满了，以至于我都几乎无处下脚，不忍心踩脏了那一个个饱含热情的计算公式。那些可都是因我而生啊！他是想通过系统性的讲解，让我真正地理解，从而正确地进行试题的解答。

"听懂了吗？"在写完最后一个数字后，他把写得只剩下一小截的粉笔头丢在地板上，笑着看着我问道。

"噢，明白了！"我支支吾吾地说道，还没有从走神的状态中缓过神儿来。

"好，那你再从头给我讲一遍。"他说。

我心猛地一沉，略微迟疑，随后咧嘴笑道："今天讲的内容还是有点儿多，容我消化消化吧！"

我不知道他在听到我的这句敷衍的话时,是不是很泄气,不过我是狠狠地责备了自己一番。

从那天开始,我给自己设定了一个目标,那就是起码在期末考试时,物理一定要考得出色,不能枉费了"老师"的悉心教导,也不能让自己的思维惰性成为习惯。

功夫不负有心人。期末成绩出来了,我的物理成绩遥遥领先。

成绩出来后,物理老师还走到我的旁边疑惑地问道:"你的物理成绩怎么这么高?"

是啊,在他的眼里,似乎我的物理已经不可救药了。所以,他的疑惑也是情有可原。

我笑而不语,真想说一句:"是老师您教得好啊!"

2

现在回想一下,当年的毛哥,真的像极了阿耐作品《大江东去》中的宋运辉,精钻技术,同时又说话耿直。

记得有一次,父亲与外单位同行洽谈业务,谈毕邀请对方一起用午餐。毛哥随同,我也就跟着一起去蹭饭了。当时我坐在毛哥旁边，而他的另一边，是一个年纪与毛哥相仿的年轻同行。席间，毛哥与那人时不时地进行着专业技术的探讨，我记得很清楚，当那个人把他的一套技术理论阐述完后，毛哥放下筷子，重重地说了一个字："错！"

毛哥这一个字说得是那么有分量，我看到那人的表情，先是惊讶，再是脸颊微红，有点儿尴尬的感觉。

毛哥撸了撸袖子，一手撑着桌子，一手在空中比画着，将技术的前前后后、论证过程给那个人讲了一遍。那人边听边不停地点头，已经没有了最初的惊诧和尴尬，更多的则是钦佩的眼神。自从毛哥开始讲述他的技术理论，一直到我们用完午餐，他都几乎没再动过筷子。

后来，那个人同毛哥成了很好的朋友，时常来找毛哥聊天和取经。毛哥那一顿饭，用自己的一身本领，征服了一个同行，让其心甘情愿地做了自己的"徒弟"。

他的"徒弟"，其实也非等闲之辈，头脑灵活，人脉广泛。在和毛哥认识一年以后，他们正式开始创业了。其实后来我才慢慢理解，毛哥的家庭情况，需要他尽快地闯出自己的一片天地，改善身在山区的家人的生活质量。体制内的慢节奏，限制了他争强好胜的性格及能力的发挥。不过在这之前，毛哥的离开，确实让我猝不及防。

那一天，毛哥把在我家吃完饭的碗洗干净递给我，说道：

"我估计要离职了！"

年轻的我被这突如其来的一句话震惊了。在我的印象中，我早已经把毛哥看成是家庭中的一员了。因为他几乎工作、休息、吃饭等，都是和我们在一层楼上，我很难想象生活中突然没有他是什么样。也很难想象，没有他的指导，我的物理成绩是否还能够继续保持优秀。

我接过他递过来的碗筷，眼睛忍不住有点儿泛红。

"我和朋友一起开了公司，主要是影视拍摄及制作。到时候，你做我的第一个客户如何？"他笑着拍了拍我的肩膀。我咬咬嘴唇，用力地点了点头。

毛哥在离我家大约三站路远的地方选了一间二楼的商铺，面积有六十平方米左右，分成了内外两间。里间摆放着摄影机，还有那密不透光的厚厚的幕布。为了让毛哥能够一展身手，父亲也给予了他很大的支持。

毛哥的公司处在一个大的转盘拐角处，我经常会路过那里。那一排店铺，只有毛哥的店铺，一年三百六十五日，每天最早透出工作的灯光，每天又是最后一个熄灯休息的。无数个晚自习后的回家路上，那一排的店铺，唯有毛哥的店铺，灯光从玻璃橱窗透出来，像是夜晚的一盏指路明灯。

还记得那是2011年4月份的一天晚上，我被毛哥叫到了他新开的公司。那里配置了专业的设备，我也就有幸在"十七岁的雨季"里，第一次走进了录音棚。

我戴上宽大的耳机，站在了一台小电视的后面，随着字幕的滚动，我跟着音乐的节拍唱了起来，我唱的是张学友的《吻别》。耳机里传出了我的声音，听得真真切切，我可以随时根据自己的声音及节奏进行相应的调整。那个时候我才知道，录音棚原来这么有趣。

唱毕，我从里屋出来，毛哥已经将我的"首发歌曲"录制好了。他拿出卡带，放入录音机当中，按下播放按键，动听的旋律开始萦绕在我的耳际。我第一次听着自己的声音，在几乎没有丝毫杂质的伴奏下合成的歌曲，那真的是一种难有的满足感。

毛哥的想法在当时还是很超前的，只是他主营的业务有点儿"生不逢时"的感觉。在十多年前，人们的消费观念以及传统的思维方式还没有改变，毛哥公司的经营困难重重。他在"包装"了我这第一个"歌手"以后，几乎门可罗雀。

为了毛哥的生意，我费了很大的心思，还特意给我身边的其他朋友推荐。但是结果可想而知，消费观的原因，注定了那样的经营模式最终只会沦为"高雅艺术"。

毛哥的倔脾气一时间无用武之地。但是，一旦扛上了摄像机，他的自信就又回来了。这是后来他跟我说的。他说他在当时最困难的时候相信手里的那一台用他大部分积蓄买来的机子,一定能够给他带来好运,使他能够做成自己想要做的事情。

后来,他和朋友合计,毅然决定转变主营业务,从宽泛的影视拍摄及后期制作聚焦到婚庆业务,也就是将公司定位为一家婚庆公司,业务包括了婚礼当天的全程摄像及后期制作。

自从毛哥把公司定位成一个婚庆公司后,公司逐渐开始承接越来越多的业务了。先是从他的朋友圈子开始,有谁结婚,或者朋友的朋友要结婚,都推荐到毛哥的公司。毕竟他人实在,而且价格优惠。结婚这种喜事,每个周末都会有,几乎从不会间断。时间不长,一传十,十传百,毛哥的公司在西安市开始声名鹊起。这个发展速度,是我始料未及的。我没有想到,高中都没有读的毛哥,居然凭借自己并不丰富的知识体系以及一种倔强且不服输的劲头,做出了如此斐然的成绩。

事情还不止于此,两年后,毛哥已经不亲自摄像了,他雇了几个大学生帮忙。那些大学生跑前跑后,毛哥则一身西装,皮鞋擦得锃亮,系上一条很时尚的领带,做了婚礼的主持人。

"不会吧?!"当父亲告诉我之后,我简直不能相信。因为在我的观念里,毛哥虽然做事认真,但口齿并不伶俐,并不是那种能说会道的人。用父亲的话说,毛哥还有些口吃,有点儿木讷。

我无法相信,一个口齿不甚伶俐、反应不甚敏捷的人,能够胜任婚礼主持人。

但事实是，毛哥做到了，而且还做得特别好。后来我问他，他告诉我，有一次，他去做一个婚礼的全程摄像。那个新郎找了一个司仪，结果，在新郎家拍摄出发仪式的时候，那个司仪或许是因为紧张，前前后后试了几遍都忘词。毛哥急了，移开摄像机，告诉司仪应当如何进行开场白。

毛哥虽然没有主持经验，但是长期的全程摄像，见多了各种开场仪式，见多了不同的主持风格。那一次毛哥的责任感以及真诚，让新郎大为赞赏。新郎果断且大胆地决定临时换帅，让毛哥做他的婚礼司仪。

那次的婚礼在毛哥的主持下，现场气氛异常热烈，新郎及新娘双方家人都十分满意。从那之后，毛哥正式步入了主持行列，而且，身价也随着他的经验增加而不断地上涨，也就是所谓的"出场费"，在不断地攀升。

毛哥并没有由于这点儿小成绩而骄傲，反而更加低调和努力了。他曾经跟我说，他的天资不好、学历不高，不善于语言表达，很多的技能和知识都要刻意地去锻炼才能掌握。勤能补拙，这是他的座右铭。时光荏苒，再回首时，我才发觉，原来，勤奋和执着，竟然是他最好的天资。

对于他的称呼，很多人都从直呼其名或者"小毛"，转变成了"毛总"。这个过程，其实只有短短的几年时间。我还是

163

喜欢叫他"毛哥",不论他将来的事业能够做多大,在我的心目中,他都是那个陪我坐在床头,给我讲解物理试题的亲切的毛哥。

那一簇枝繁叶茂，那一抹姹紫嫣红。

情书

> '天空是什么颜色的?'
> '是蓝色的!'
> '大海是什么颜色的?'
> '也是蓝色的!'
> '是天空映出了大海的蓝,还是大海映出了天空的蓝?'
> ……
> '我只知道,天空和大海,缺少一个,自身都不再成为完整的蓝色!'

1

2016年圣诞节前的某一天晚上，我和朋友在外面吃完晚饭后，一个人开车往回走。看着道路两边的霓虹灯，格外地赏心悦目。节日临近，氛围渐浓。五彩的光斑从车窗快速地划过，车内也已被外面不断变幻的绚烂色彩"装点"得温馨宜人。

手机的震动声一阵阵地传来。我看了一下屏幕，显示的是老朋友"晓海"的来电。我顺手按下外放键。

"喂？元哥，最近好吗？"我还未来得及说话，晓海那一口纯正的陕北腔调已经穿过夜空，从千里之外飘然而来。

真是没办法，他总是这样热情，改也改不了。

"好，一切都好。你呀，是该过来看看我了吧，别总是电话里献殷勤啊！"我笑道。

"哈哈，早就想飞过去看你啦！"那边的声音大得好像要把话筒震坏似的。

"你少来！"我猛地一脚油门，闯过了即将变成红灯的十字路口，稍微缓了下，继续说，"你这一是贫嘴，二是大嗓门。我真担心，你的女神会被你吓跑的！"

那边没说话，只是似乎在哧哧发笑。

"怎么了？我这话居然先把你吓跑了？"我说道。

"哪能啊。不过，女神也是要嫁人的不是？"晓海那边声音明显地轻了许多。

"你这不是废话吗?我是说,你这些总是改不了的习惯……"我说着,突然意识到了什么。

我把车开到路边停了下来,拉了手刹,打开双闪,一字一句地问道:"你刚才说什么?你莫非……"

"元哥,节前我估计不能过去看你啦。而且相反,你如果有空的话,希望你能过来一趟。我请你喝我的喜酒!"晓海说道,声音里有点儿激动,伴着一些自豪的韵味。

"真的是她?"我有点儿不大相信。

"是的,这几年算是没有白熬啊!"晓海说道。隔着话筒,我似乎都已经感受到了千里之外的幸福。

"兄弟,好样的。祝福你!"我想起了和晓海在深圳共同度过的那四年时光。

那是我刚毕业去深圳的时候,当时正值公司新员工培训。他就坐在我的前面,而且经过自我介绍后,就我们两个人是陕西人,能够老乡遇老乡,结果定然就是"两眼泪汪汪"。

他家在陕北的靖边县,操着一口浓重的陕北口音。当他站在大家面前进行自我介绍的时候,底下可是热闹得很。

"大家好!我是林晓海,家住陕西靖边县。"他刚一开口,底下便哄堂大笑。

"靖边县……靖边县……"他似乎蛮紧张,重复着上一句话,翻着眼睛看着天花板。

底下的笑声更大了。

"嗯,好,接着说,你的声音相当地富有磁性!"人力资源部经理笑着说,带有一定的鼓励。

下面安静了,晓海似乎找到了自信,将之前准备好的话一口气说完了。说完后,底下报以热烈的掌声。

是的,他的嗓音相当地好,有磁性,如果发音准确的话,真可以媲美央视播音员呢。

"说得好!"他坐回座位后,我拍拍他的肩膀说。

他扭过头憨憨地一笑,回了一句话。如果当时我在吃东西,真的是要喷他一脸了。

他说:"刚才底下在笑什么呢?我家就是在陕西靖边县啊!"

那个时候,公司临时给我们租的公寓快到期了,我们需要自己想办法在外面租房子。我和晓海想到了一起,两个人合租。一来降低成本,二来可以有个伴儿。

那几天,晓海找房子还真是下了功夫。公司周边方圆几里的小区他都看了一遍,哪个小区多少价位、配套设施如何、交通情况、购物便捷性等,几乎是统统都考察了一遍。最终,我们选择了住在公司的东边,罗湖和盐田交界的一个叫莲塘的地方。房租不算贵,交通以及购物都非常便利。而且小区就在梧

169

桐山脚下，环境自不必说，周末我们还能够结伴登山。这样的风水宝地，也伴随了我们在深圳的四年时光。

也就是从那个时候开始，我们会经常谈工作、聊生活，更多的时候，会在那个合租的房子里，回忆着家乡的一切。

我的业余生活较为单调，而晓海则相反，他是那种好动的性格，如果一个周末都待在屋子里头，那真的会把他憋坏的。几乎每到周六，他都会去公司附近的运动场地打打篮球。

"你娱乐娱乐可以，别太较真。你的打法很爷们儿，但是也很危险。"我不止一次地在看过他比赛后告诉他。

偏偏就被我说中了。那天是周六，按照平时的时间，他早就已经回来了，然而那天一直到晚上8点钟还没见一点儿动静。

"一个大小伙子，难道打个篮球还要让我每次都陪着，一次不在，就把自个儿弄丢了不成？"我自言自语，正准备拨个电话过去问问，电话就响了。是晓海打来的，在寂静的夜晚，手机的铃声显得异常焦急和响亮。

我刚接通，还没来得及说话，电话那头已经传来了晓海很低沉的声音："元哥，你现在有空来一趟人民医院吗？我住院了！"

"什么？住院？好好的住什么院？如果是智商的原因而住院，我倒是可以理解！"我习惯性地用打趣的口吻跟他说。

"快别拿我开玩笑了，是真的。下午打球骨折了。几个人把我送到医院的。"那边晓海的声音已经带有一丝哭腔。

我这才意识到事情的严重性，对自己刚才的话有些懊悔："好，我现在出发，很快就到。"

从我的住处到医院，少说也有二十分钟的车程，我已经不记得我是如何到的医院，如何在内心的焦急和煎熬中度过那二十分钟的。我只记得，当我推开门的那一刻，看到晓海的腿上打上了厚厚的石膏以及缠绕的一层层的绷带，当时的我，真的怕他从此无法再打篮球了。

没想到他那个时候却镇定了许多："没事儿，没什么大不了的，在床上躺个几天就好啦。"

"躺几天？！行了吧，伤筋动骨一百天，你没听过吗？"我说。

"没那么严重！没那么严重！"他在安慰我，也在安慰他自己。

我看着晓海旁边架子上的吊瓶，药水一滴一滴地缓慢地滴落，我真心希望点滴的速度快一些，再快一些，能够让晓海快点儿站起来。

后来，一个护士走了过来，将已经快见底的吊瓶取下，换上一瓶满的。

"今天把这个打完，早点休息。明天麻药劲儿一过，估计你的伤口会比较疼。"一个很漂亮的护士，熟练地一边在本子上签字，一边提醒道。

"不过没事,会恢复得很好的!"护士走到门口后回过头来又补了一句。

晓海脸红扑扑的,笑着向小护士点了点头,表示感谢。

"呦,不错。有美女护士照看,看来这儿已经不需要我了!"我盯着晓海,小声地说道。

"谁说的?到时候结账,你可要来的。"晓海说完哈哈一笑。

那晚,我陪晓海到很晚,当我回到住处时,已经晚上11点多了。第二天,他父亲就大老远地坐飞机赶过来看他了。

2

其实,晓海的故事就是从他住院的那个时候开始的。里面的曲曲折折,大部分我也是听的他的口述。因为毕竟对于他个人而言,也确实没有必要让我知道这些。只是,在那个时候,也许不断地向我倾诉,才是他缓解压力和继续向前的最佳途径。

晓海出院的时候,虽然腋下架着拐,但是气色好了很多。而那个漂亮的小护士,在他出院后不久,便做了他的女朋友。那个护士叫小菁。

"你究竟是施展了什么手段，能让人家看上你？"我时常这么打趣地问晓海。

晓海总是笑而不语。

后来有一天，他终于告诉我，他在出院的前一天晚上，给小菁写了一封很长的信。第二天在她查完房将要离开时，晓海鼓起了勇气，把信递给了她。小菁倒也大方，留了自己的联系方式给晓海，以便晓海可以随时就病情进行咨询。

晓海告诉我，那是他这么多年来第一次给女孩子写信，应该算是"情书"吧！

晓海是打心眼儿里喜欢小菁的。他说，出院前的那天夜里，他在给小菁写信的过程中，写着写着就流下了眼泪。他说他那时候真的觉得医生、护士这种职业实在是太伟大了，同时也感到人生命的脆弱。住院那几天，他的邻床由于事故被截肢，而那个人的爱人一直就在身边，每天都以泪洗面。

晓海告诉我，每当看到即将要动手术的小孩子时，他的心都会很疼。虽然素不相识，但是在医院的病床上，他觉得每个人的生命其实都是连在一起的。

"那么小的小孩子，在母亲的陪伴下，被推进了手术室。"晓海告诉我，他确实不忍心看到那么小的孩子就被重症折磨着，可能面临着残疾的命运。

在那里，在充满着期待、充满着悲伤、充满着绝望、充满着无奈的环境里,每次看到小菁那美丽的脸庞,晓海都觉得那是黑夜里的曙光,激起了自己内心很久都不曾有的悸动。

其实那一晚,晓海与其说是给小菁写了封情书,倒不如说,是用自己的眼泪,勾勒出了一幅生命的图景。也许小菁是被感动了吧!

小菁那时候是一个实习护士,大专毕业,正如晓海的父母所说的,没有本科学历。而且小菁家是农村的。她有一个哥哥,大她四岁,在县城工作,收入不高,只能勉强管住自己的温饱。

不过要说小菁在他们那个村子里,论长相,那可绝对是村子里的一朵花。村里好些小伙子跟她套近乎,她都不为所动。有人来提亲,小菁也都想办法让父母推辞了。虽然她父亲一直想赶紧把她嫁了,收取的彩礼好给她哥哥成一门好亲事。但是小菁可不想按照父亲设定的轨迹生活,她知道父母把她养大也不容易,她更想靠自己的能力在外面打拼出一片天地,将来能把父母接到城里生活。

也许是晓海在信中的坦诚以及深情打动了小菁,她同意做晓海的女朋友,愿意与这个陕北的小伙子一起在深圳打拼,实现他们共同的理想。

本来这个类似于电影一般的桥段,应该会以从此以后,王子与公主幸福地生活在那座美丽的城堡里这样梦幻般的结局来收尾。

然而，晓海的故事却不是这样。

当晓海的父亲得知晓海的恋情后，坚决反对。虽然在医院期间，晓海父亲对小菁的印象不错，工作细心，为人和善，有责任有担当，但是如果做未来的儿媳妇，那就没得商量。不仅如此，晓海远在陕北的母亲，也高频次、长时间地打着昂贵的长途电话来施压。老两口的意见非常一致，就是要求晓海马上和他的女朋友分手。原因很简单，他们不认可护士这个职业。

"那是吃青春饭的！"

"她学历连本科都不是！"

"以后你一个人在深圳这地方怎样养家啊？"

……

诸如此类的话，会轮番从二老的口中说出来，句句说得让晓海无以反驳。甚至他的七大姑八大姨，也纷纷加入了这一场实力对比悬殊的论战中来。

晓海父母的反对是那么坚绝。这似乎将心中刚刚燃起希望火种的小菁，又一次无情地推回了原有的命运轨迹中。

晓海一面不停地安慰着小菁，一面和父母进行顽强的对抗。他相信，真爱坚不可摧，只要两个人真心相爱，结果一定会如愿的。两个人初恋的火焰就是这样，随着大雨和狂风，倔强地燃烧着。

每到下班，晓海都会在坐车回家的中途，在人民医院那一站下车,去看看小菁。小菁经常值班,所以整体上比晓海要忙很多。晓海不在乎,每次他坐在走廊里的座椅上,看着小菁忙里忙外的身影,都会觉得心里暖暖的。那里是他们第一次见面的地方,也是恋爱开始的地方。

有时候周末,小菁会在轮休的时候,到我们的住处来,为我们做一顿可口的饭菜。

"你尝尝,这手艺可真不错。以后你可有口福了!"尝着那可口的饭菜,我笑着跟晓海说道。

"那也绝对不会少了你的那一份儿啊!"说着,晓海把硬菜夹一大筷子放到我的碗里,似乎是要堵住我的嘴。

而此时的小菁则低头抿嘴笑着。

周末的梧桐山中,曲折的小径上,留下了他们的足迹;郁郁葱葱的山谷里,也时常会回荡着他俩高喊的爱情誓言。

3

"你爸妈那边怎么样?他们同意了吗?"

"唉,没有,还和以前一样。"

每次当我问及晓海这个问题的时候,得到的答案总是如此。显然,晓海父母的态度没有丝毫转变。

小菁的实习期很快就满了,很有可能就会回四川老家。我都已经开始替他们俩捏一把汗了。

那段时间晓海的状态非常地差。原本一个激情四射的阳光男孩,在感情的困扰以及和家庭的对抗下,逐渐变得疲惫不堪。

工作也自然受到了影响。有好几次,由于工作中出现了疏忽,晓海被叫到了总经理办公室。看到我的好伙伴、好舍友被感情问题折磨得如此狼狈,我的心里也非常难受。后来有一次,我与总经理在他办公室里就一个项目问题进行沟通。临走的时候,我提到了晓海,我将晓海近期的情况简单地向总经理做了说明,希望他能够理解。

在我和总经理谈完,大约半个月后,令我震惊的是,晓海选择了辞职。他的辞职目的很简单,他要和小菁去成都发展。因为小菁的姑父通过关系,给她找好了一个在成都一家医院做血液透析的工作。对于小菁而言,这确实是一次非常难得的机会。晓海决定放弃深圳的工作,和小菁一起去成都发展。

这下可苦了晓海的父亲了。当他得知晓海辞职的消息后,又是第一时间买了机票飞到了深圳。这一次,他父亲似乎气得不知道该说什么,狠狠地打了晓海几个耳光。

也许他父亲的内心深处,也有着让孩子来改变家庭命运的期望。当他看到自己含辛茹苦地把孩子拉扯大,让他读完研究生,进入了一个好公司,而最终却又要娶一个农村媳妇的时候,他似乎感到了宿命般的绝望。他的决绝和无情,似乎也是在与命运竭力抗争。

他父亲要晓海收回辞职信,重新向公司的人力资源部以及部门总经理提交复职申请。这个看似"疯狂"的举动,其实,也是晓海父亲对儿子的深沉的爱的最好诠释。他父亲说,可以不顾自己的脸面,在公司领导的面前为儿子求情,哪怕是跪着求,也能舍得这张老脸。

当我听晓海给我一字一句地重复着他父亲的话时,我的内心已经被深深地感动了。我想到,自己的父母或许也就是这般疼爱着自己,而自己却浑然不觉,或者是并不珍惜。

一时间,我竟然说不清谁对谁错。我已经分不清楚,晓海对于爱情的无悔追求,究竟是一种勇敢的表现,还是一种执迷不悟?

不过,解铃还须系铃人,乱麻和迷雾,最终还需要当事人的抉择,同时还需要多一些时间去找出答案。

我记得我曾经跟他说过这样一席话:在感情问题上,我不评论你的对与错。不过有一点是肯定的,那就是当你自身足够强大的时候,你才会有更多的选择权。依旧"朝不保夕"的生活状态,如何能够让你的父亲相信你能够给你和小菁带来幸福？

　　当时晓海听着我的观点一言不发。

　　后来，他还是选择了向公司提交复职申请。

　　"我明知道申请复职，就会和小菁从此天涯相隔。但是，我看着父亲饱经风霜的脸庞，我还是成全了他！"晓海后来告诉我。

　　那天，晓海拿着复职申请，和他父亲一起，在人力资源部，在部门总经理办公室，待了很长时间。

　　"当时在总经理办公室，你父亲……"我不知道该如何说完后面的话。

　　"没有，没你想得那么可怕。总经理挺爽快的，看到我父亲后，知道了他的意思，总经理就答应了。如果当时我父亲真的为这事儿下跪，我直接就摔门走了，从此再也不会出现在这家公司了。人，还是要有点儿骨气不是？"晓海说完，沉默了下来。

　　是的，我知道，公司留住了他，但是，他却没有能力留住小菁。因为，毕竟，他一个刚刚工作的年轻人，在深圳，还没有能力去坚持并兑现这一段不计成本的恋情。人，总是要在现实面前低头；情，也往往会在世俗世界里淹没。

　　总之，爱一个人，从来都不会是一个人的事情。

4

不过，在继续工作了两年多以后，他还是选择了离开公司。

我想起了他之前的那句话："人，还是要有点儿骨气不是？"

他最终还是把辞职信正式地递给了部门总经理，总经理这一次没有挽留，因为，两年的时间，晓海足以想明白自己想要什么了。理想与现实的距离，让他不得不重新审视自身。

之后，晓海应聘到了一家位于保税区附近的投资公司。具体做什么我当时并没有完全明白，只听他说是关于期货之类的，而且每天晚上还有夜盘交易。那段时间折腾得他每天晚上都休息不好，因为每到了凌晨盘面波动就开始加大，盈利或者亏损也都是从那时候开始加大的。

"好吧，我承认，我胜任不了这样的工作。太折磨人了。"我听了他给我讲述他的工作后，慨叹道。

"累是累了点儿，不过你不得不承认，蛮高大上的吧？"他讪讪一笑。

"嗯，又是纽约盘，又是伦敦盘，我承认我很土。"我嘴上这么说，不过心里鄙视了上百遍。因为在我的印象中，那种交易很多都不正规。但是，晓海却为着那份工作忙得不亦乐乎，每天要看各种数据，了解各种报告，还要撰写数都数不清的分析研究报告。自然，我的重要性已经大大地往后排了，很多时候，约他出来吹个晚风、赏个明月什么的，还要事先预约才行。

"美国政府这次加息其实很不合适！"
"这次的非农数据有水分！"
"中国的GDP增速放缓是大势所趋！"
……

经常在约他出来吃饭的时候，他会时不时地给我分析世界以及中国宏观经济情况，俨然是操着总统和主席的心，一副为了世界和平以及中国复兴鞠躬尽瘁的架势。每当这个时候，我嚼着口中的饭菜都味同嚼蜡。

不过，有一点我倒是很开心，看着他从之前失恋的阴影里走了出来，对工作积极上进，我确实是由衷地感到高兴。

然而，他的激情和专注，并未受到命运的垂青。

大约半年后，有一天我下班刚从大楼出来，看见一个熟悉的身影站在路灯下，一动不动。我走近一看，才发现是晓海。他看见我很不自然地挤出了一丝笑容，这笑容只是一闪而过。随后，他整张脸上面无表情，两只眼睛呆滞无光。

"怎么了？你平时这个时候还没下班呢，今儿怎么这么早过来，想这儿了？"我笑着问。

他默默地点了点头，差点儿哭了出来。

"呦呦呦，咋啦？我没说错话吧？"我真是被吓了一跳。失恋的时候，都没有见到他这般六神无主。

"唉，命运多舛啊！命背的时候，喝凉水都会塞牙。之前是失恋，现在又是公司老板跑路。我到底是哪儿做错了啊？"说着，晓海的眼眶红红的，很明显，他很喜欢之前的这份工作，他想通过这个让他感觉十分高大上的工作改变自己的命运。然而，现实是这般残酷。那一簇希望的火花，被命运之手瞬间掐灭了。

那天，我搂着他的肩膀，我们俩在昏暗的路灯下，顺着那条长长的人行道一直向前走着。那晚我们遇见的行人，也都似乎在嘲笑我们，笑我俩的狼狈样。我虽然没有他那般落魄，但是我的心里，不见得比他好受到哪里去。一对儿老乡，似乎被深圳那个现代化的大都市，狠狠地抛了出去，抛到了一片荒芜之地、冰冷之境。那晚的霓虹灯在我的视线里异常朦胧，流光溢彩的世界，与我俩似乎天然地隔着厚厚的屏障。

也许是因为曾经经历过失恋的痛苦，晓海从失业的失落中很快走了出来。

从那之后，他又不断地投简历，不断地参加各种各样的面试，几乎成了"面霸"。

经过几个月的准备和努力，晓海最终成功地进入了一家大型私募基金公司，做了基金经理。我对他那天的神情记忆犹新，他自信地说，总有一天，他会漫步在华尔街的街头，扬眉吐气。

我当时很开心地说："好！"虽然并不相信他将来真能够如愿在华尔街施展一番，不过，他的努力和拼搏，是为改变自身的命运，也是在帮父亲完成那最深的期望。

"你说话啊？那边信号不好吗？"晓海浓重的陕北口音将我"唤醒"。我突然意识到，我已经微微走神了。我的思绪也被重新拽了回来。

"喝我的喜酒啊！就这么说定了！"晓海兴奋地说道。

"就这么说定了！"我在电话里爽快地答应了。

挂了电话，我的心情还是难以平静。我想起了当初离开深圳时给他发的一条短信，最后是八个字：只要努力，就会幸福！

五年的时间，晓海的变化真大。在这五年里，他不仅为自己的职业制定了详细的规划，还通过自身的努力，考完了难度极高的CFA[①]的一、二、三级考试。

[①] CFA：全称 Chartered Financial Analyst（特许注册金融分析师），是全球投资业里最为严格与含金量最高的资格认证。

用他的话说，他不能容忍自己一直没有能力去喜欢自己真正喜欢的人。是的，他爱小菁，结果，在这个世俗的世界里，他当时的能力真的不足以说服父亲他能够给自己以及小菁带来幸福的生活。

而这一次，他给自己的人生做了个好的开端。他真的用自己的努力，走完了这段看似走不完的路。

后来

"你们俩最终是怎么和好的？"后来我见到晓海后问道。

"我们其实一直就没有分开。我不能想象我的世界没有她，那就像没有蓝天映衬的大海，会失去应有的蓝色。"晓海意味深长地说道。

是的，晓海说得没有错。其实大海与蓝天，谁离开了谁，都是不完整的，不是吗？

他的奋斗经历，一直都深深地印在我的脑海里。当我告诉他，我准备以他的故事写一篇文章的时候，他兴奋得双眼炯炯发光。

本文以"情书"来命名，也正是基于对晓海与小菁的爱情的祝福及深深期盼。在他们的授权下，我得以走进晓海的情感世界。在我读了晓海的情书后，我无意冒犯，仅以其中的部分段落作为本文的结尾，以示对他们最诚挚的祝福。

我不知道自己何时能够走完这一程，或许其

坎坷的程度令我一生都无法到达终点，但是，我必须用自己最大的努力去争取。

真希望你能够理解我的真心和诚意，欣赏我这个半老的毛头青年，能够给我一个等待和执着的机会，让我有机会成为最幸福的人。

给我一个机会，哪怕是一点点，一点点！让我能够用自己不算矫健的双脚，走完这一程，用心走到头！

——摘自晓海的"情书"

回忆是用最温柔的方式，
作别自己那光阴的故事。

我的表哥

> 我默默地祝福表哥,祝他一切都顺风顺水,没有忧愁。在他追求梦想的路上,一往无前,永不退缩,就像那绿茵场上的足球健将一样!

1

老家正房的墙壁上，一直挂着一个很大的木质相框，里面有着各种大小不一的照片。照片多为黑白照，有爷爷年轻时候的单人照，有父亲母亲的结婚照，有一大家人的节日合照，甚至还有我的周岁照片。相框玻璃板后面的照片均略微泛黄，留下了时光掠过的痕迹。

以前每逢过年，我回到老家，都会踮着脚站在凳子上，盯着墙上的那些黑白照，幻想着自己进入那些被定格的时光里。

后来，那里又添加了一张照片，唯一的一张彩色照片。与其他的黑白照片比起来，异常的醒目。由于是最后一张，被安置在了相框的右下角。不过，自从有了那张照片，每个人再去看那个相框时，总是第一眼就被彩照吸引了目光。那张彩照里有我，还有我的表哥。

那是过年期间，我还在上小学，我站在老家院子旁的沙堆上，退至墙角，两手捂着耳朵，试图遮掩住那震耳欲聋的炮声。在我前面，表哥用竹竿挑着一串鞭炮，将手直直地向外伸着，照片上还能看得出鞭炮燃放时明亮的火光。

我们的旁边，是用竹架搭起来的葡萄藤。葡萄藤后面则是老家与邻居之间的隔墙。土质的隔墙宽大而厚实，墙头往往会被不知姓名的猫霸占着，白色的脑袋，身上有淡黄色的花斑。

它时而会趴在墙头，静若处子；时而会在墙上来回踱步。几乎每一天都能够看到它的身影，它也在好奇地观察着院子里发生的一切。总是在人们逗它时，"喵"的一声蹿上房顶，寻求着与众人之间的安全距离。

照片里，我戴了一顶白底蓝边儿的帽子。这顶帽子，可是有来历的。那段时间，我的额头刚刚受过重创，棉纱像补丁一般，盖在了我的额头上。那顶帽子正好遮住了这一切，遮住了我的创伤。那是我和表哥在一次玩耍过程中的意外"事故"。后来几乎用了两年的时间，疤痕才消除。

表哥大我两岁，在小时候真可以用"玩世不恭"来形容。还好，姑妈是老师，而且是表哥的班主任，无论如何，表哥也不敢在自己妈妈面前"造次"。不过，只要是在姑妈管辖不到的地方，表哥就可以"翻身做大王"。

当时表哥家就在姑妈任教的学校里。那时候，我几乎是隔三岔五地被父亲带到姑妈家和表哥一起度过。由于我小他两岁，几乎总是跟在他的屁股后面，他做什么，我也做什么。他在学校里搞破坏，我自然也就不会甘心落后。时间一长，学校里的师生几乎都知道我姑妈家里有一个"捣蛋二人组"。毫无疑问，说的就是表哥和我，我们很"荣幸"地获得了该项"美誉"。

表哥班上有个女生叫小静，学习成绩特别好。她父亲也是老师，所以两家都在一个院子里，她家就在姑妈家的对面。姑妈经常教育表哥要向小静同学学习，争取向人家看齐，至少要学习人家知书达理、积极上进的优点。

"人家年年是优秀班干部，考试经常年级第一名。你俩好好地学习，听到了没？"姑妈总会在我俩玩疯了的时候，冷不丁地来这么一句。

或许是表哥处在叛逆期吧，不仅对姑妈的话左耳进右耳出，而且还对人家这位优秀女学生十分不屑。

"要我跟她学？她算是哪根葱？！"表哥会趁小静在院子里写作业的时候，大声地说。说完，他会扭着屁股，耀武扬威一般，从小静面前走过，赤裸裸地向她示威！

我跟在他后面，看着表哥夸张的肢体动作，被逗得直笑。而小静习惯性地瞟我俩一眼，低头继续写作业，以静制动，不理睬我们。

有一年，期末考试成绩出来了，小静考了年级第一名。她的名字被公布在了学校大门口的黑板上。当时，每一学期学校都会把三好学生的名字公布在黑板上，所以这样一来，小静一人独得两个奖项——一个是三好学生，一个是年级考试第一名。用红色粉笔写的小静的名字，十分俊秀，不知出自何人之手。小静的名字，在黑板上更是十分抢眼。

表哥那天看到了黑板上小静的名字后，用羡慕嫉妒恨来形容他的心情一点儿也不为过。看到上面居然没有自己的名字，反倒被小静一人占了两个位置,他顿时气不打一处来,回家拿了一把水枪,向黑板上一番"扫射",直接把小静的名字"抹掉了"。

我当时心里很忐忑,因为别人很容易就会想到这出恶作剧的始作俑者。但是表哥很得意,看着自己的杰作,面露喜色。

后来我才知道,那黑板上的水干了后,名字还是会重新出现在黑板上的,只是略微模糊一些罢了。如果当初表哥拿的是黑板擦来抹掉的话,我俩可能还真的闯祸了。

也正是由于他的胆大妄为,才有了我俩后来的高风险游戏。只是,这个高风险的游戏,最终还是以我买单而告终。

我记得那是一个周末的午后,已经过了午休的时间,我和表哥还停留在操场上不舍得离开。也不知当时是谁的主意,我俩面对面站着,中间相隔的距离有二十来米,就那样站着向对方扔石头。其实也不是有意地想看到谁先挂彩,就是觉得迅速地躲开飞来的石头很是刺激。结果,年龄尚幼的我,终于因为作战经验匮乏而光荣地挂了彩。

当表哥将一个石块儿猛地向我这边扔来时,我清楚地看到了那个石块儿在高速地旋转着,在离我大约五米的地方,突然改变了运行轨迹,拐头向我的额头飞了过来。当时我逆光而立,似乎都能看到那个"飞弹"在阳光下发出了"凶残"的光芒。

当那颗"飞弹"砸在我的额头上时,强大的冲击力击得我向后一个趔趄。我不由得"哇"的一声哭了出来。

对面的表哥已经慌了神,急忙扔掉手里的剩余"弹药"跑了过来。我的手上已经全是血,而且能感觉到一股热流正从我的额头往下流。那场面恐怖极了,我满脸带血,已经是人不人鬼不鬼的形象了。我捂住伤口,哭着喊着,踉跄地被表哥往屋里拖。快到家门口时,我从手指缝间恍惚地看到姑妈站在门口的台阶上,脸色铁青,走上前来狠狠地给了表哥一记耳光。

回到家中,我坐在沙发上,姑妈和表哥两个人翻箱倒柜地找止血药、纱布。坐在沙发上恍恍惚惚的我,看着他们两个人慌张忙乱的背影,一时间不知道自己是否在做梦。

那一天,姑妈狠狠地教训了表哥一番,而我则被视为一个"重症伤员"获得悉心照料。表哥已经完全被强行隔离,限制了人身自由,关在里屋面壁思过。

看着表哥的可怜劲儿,我当时都有点儿同情他了。也许是自己听多了任贤齐的《心太软》的缘故吧,伤成那样了,还认为姑妈太过严厉而为表哥抱不平。

在医院包扎后回来的路上,姑妈为我买了一顶白底蓝边儿的帽子,十分漂亮。我戴在头上很是喜欢,而且刚好可以将我的伤口遮住,一举两得。

很长一段时间里,我都戴着那顶帽子,大家每次看到我戴着它,都会对我特别好。那顶帽子俨然成了我的"通关文牒",能让我去往原本去不了的"地方",获得原本获得不了的"关爱"。

虽然表哥让我光荣地负了伤,但是我们的关系依旧是亲密无间。我想,战场上出生入死的兄弟情义,也不过如此吧。是的,我们俩就是这样。虽然是没有硝烟的战争,但是兄弟深情也正是从那一刻正式开始的。

表哥骑车子可是一把好手。他家的后院里,摆放着一辆他自己新买的黑色山地车。依着表哥的性情,每次他骑山地车出去,便是到了他炫富耍酷的时刻。那时候,表哥那个岁数的,能够有一辆自己的山地车的人,并不多见。

他确实有耍酷的资本。如果仅仅是骑车在外面兜兜风,在学校各班级门口"视察一番"的话,那就太小看他了。他可以双手不扶车子的把手,并把手背在身后,轻松地蹬着脚踏板,如同脚蹬两只风火轮一般。当时我们把这种骑车法叫作"双手撒把"。他不仅能够双手撒把后顺着直线骑,还能够绕着校门口的花坛转着圈骑。可不要以为这就是他的全部了,还没完,他还可以倒着骑车。怎么倒着骑呢?其实这个在马戏团也见过。就是与正常骑车相反,人面向车尾,将腰部抵住车头,两手反握住车的两个把手,双脚倒着蹬脚踏板。这样,人在车上倒着坐,而车子会不停地往前走。每当他开始表演自己的绝活时，我都会高声欢呼，生怕周围的人没有看到。

"老哥，你教我骑车吧，把你的绝活教给我。"一天，我终于下定决心要学骑车了。我当时在想，这样既能让自己学会表哥的绝活，也能够让他将功折罪，两全其美不是?

后来，他努力地教会了我骑自行车，而且还把自己心爱的山地车送给了我，算是将功补过吧。我欣然接受。

开始学习时，表哥帮我从他们邻居那里借来了一辆小的自行车，那个车子其实根本不用保持平衡，因为车子后轮两边带着辅助的小轮子，永远都不会倒，更多的是骑在上面找一下骑车子的感觉。

当我能够将那辆车子骑得飞快的时候，表哥建议我去掉两个辅助轮子，尝试一下正式骑车的感觉。要不然，永远都不会骑车。

我想想也对，于是应允了。没有了辅助轮子的支撑，我骑在上面左右摇晃，而表哥也跟跟跄跄地在我后面扶住车后座帮我保持平衡。骑行了几十米远的距离后，我感觉适应了，就加快了速度。

"加油，马上你就会骑车子啦!"表哥在后面扶着我，大声地说。

我更来了勇气，加速向前骑。

骑了大概有一百米，到了校门口的大花坛处，在花坛周围绕了一大圈后,我突然用余光看到了表哥,他居然在离我几十米开外的地方向我招手。

我一下慌了,原本以为他还在身后保护着我,殊不知,我居然自己骑了这么远!心头一紧张,车头一下蹭到花坛边上,我也直接摔到了松软的泥土里。

那一次,我虽然略微受伤,但是,自己"单人匹马"骑行上百米的纪录,在我的过往"战绩"里是绝无仅有的。找到了骑车的感觉,第二次、第三次便不是难事儿,一次比一次得心应手。表哥教会了我骑车,更多的是给了我自信,我也将表哥过去的恶劣行径一笔勾销。

2

姑妈是数学老师,对表哥平日的管教甚为严厉。表哥从上学的第一天开始,便处于"高压"状态下。作业质量要保证,速度要保证,数量也要保证。开始的时候我很同情表哥,因为他的生活似乎不及我那般自由和随意。当时数学奥林匹克竞赛如火如荼,大家都以能够参加此类竞赛为荣。若比赛能够获奖，在当时可算得上是无上的荣耀。姑妈自然有着天然的优势，每到周末，都要为学生补课，补课的学生都是尖子生，补课的内容直指奥数竞赛试题。表哥不可避免地几乎每次都被"邀请"成为座上宾。

不过，表哥的好动及贪玩本性，很多次令姑妈的良苦用心都难以实现，他的学习成绩忽上忽下、时好时坏。姑妈总是在表哥面前把我挂在嘴边，似乎我成了表哥的榜样和目标一样。

"对，那是我弟的孩子，学习特别好！"经常能够听到姑妈这样子给熟人介绍我。其实我心里明白自己究竟有几斤几两，因为之前创纪录的班里考试倒数第三的"光环"，还时不时地在我的脑海中闪现。

表哥很是大度，并不介意姑妈如此说，对我还是那么友善，没有丝毫不悦。

姑妈对表哥的教育可谓用心良苦，但是即便如此，表哥的中考在第一年还是不理想，在我意料之中地落榜了。我不知道姑妈在知道这个消息后的第一反应是什么，不过当我再次去表哥的家中时，他已经端坐在写字台前，翻开课本，开始为自己的复读做准备了。写字台上方的墙壁上，贴着一张大大的作息时间表及目标达成计划，表哥俨然是在中考失利后，痛定思痛地为自己量身定制了"三大纪律八项注意"。

虽然表哥给自己立了"军规"，但也有例外。表哥是一个球迷，平日对重要的赛事直播完全没有抵抗力，每逢那种重要赛事直播，他必定要看，绝不落下。自然，世界杯是绝对不容错过的。我对足球的零碎了解，也仅限于在他临近中考的时候，我俩几个凌晨看直播的那段记忆。

补习的一年，在我的印象中，他也仅仅是在世界杯期间守在电视机旁，其余的时间，完全是出乎我意料地全身心地用在了学习上。

当时是足球王国巴西的天下，而9号前锋罗纳尔多，更是名誉全球。那时正值1998年法国世界杯，瑞奇·马丁的一句"Go！Go！Go！Alealeale！"让多少球迷为之欢呼乃至疯狂。我清楚地记得，当时的"黑马"克罗地亚队以3∶0完胜德国队。那一届世界杯，克罗地亚队的达沃·苏克是最佳射手。而在最后一天的决赛绿茵场，巴西队和法国队的吊诡结局，让表哥甚是愤慨。因为我俩是从凌晨时分就开始等待，一直等到凌晨2点才看的那一场决赛。那一场，罗纳尔多没有进球，反倒是齐达内一人独得两分。法国队的后防线真的如铜墙铁壁，阻止了巴西队所有可能的进攻。

很多年来，每当我看到绿茵场上的足球健将时，总是能够想到1998年的世界杯，因为在我脑海中，那时候球星的名字是那么响亮和记忆犹新。也许，只有在和表哥这位资深球迷一起看球的时候，我才能找回当初的感觉，也能够在凌晨爬起来，没有睡意地，随着现场球迷的呼喊以及球员的左右腾挪而连连叫好，心潮起伏。

一年的补习很快就结束了，考完试的那些天里，表哥每天都会往学校跑，看自己的成绩是否出来了。

大约半个月后的一天，表哥从学校回来，一推门，我看到他满面红光，中了头彩一般。541分！当这个分数从他嘴里说出来的时候，我有点儿不大相信自己的耳朵。还没有等我完全反应过来，他已经走过来抱住了我。我俩就像一对战友，大获全胜一般拥抱庆贺。那个分数对于他而言，太重要了。通过一年的努力，第一次使他感觉到自己在学习上能够扬眉吐气。

我抱着激动万分的表哥，心情也久久难以平静，默默地在心里祝福表哥，祝他从那一刻起，一切都顺风顺水，没有忧愁。在他追求梦想的路上，一往无前，永不退缩，就像绿茵场上的足球健将一样！

后来

后来，高中三年的学习，表哥延续了中考补习时的认真和专注，最终在高考中发挥良好，如愿以偿地进入了军校。他报到的那一天，是我陪着他一起去的。在我的固有认知里，军校生涯所带来的将会是不一样的人生。那一天，我忽然感觉到表哥长大了，不再是以前那个爱捣蛋的小组成员，而是一个让我敬佩的军校大学生了。

大我两岁的表哥，一直以来在很多方面都对我有着积极的影响。他在学业、成家、事业等很多人生转折关口，都深深地影响着我，成了我的楷模，而不像我们小的时候姑妈所说的那样。没有表哥，或许我前进的脚步会踌躇许久，跟跄许多。

我第一次当伴郎，便是参加表哥的婚礼。那一天，我同他一起坐在宽敞的头车里，脸上都洋溢着笑容，似乎要一起去往一个期待已久的地方。那里有表哥的归宿，那里有他真正的幸福！

群山的剪影,
仿似一幅尚未风干的水墨画。

你在我的记忆深处

车辆启动,我们知道目的地为何处;
人生旅程,我们却无法预知将通往何方。

摇滚少年

> " 摇滚是用烈火一般的激情,表达自己最真实的一面。那种真实,却包含着创作者最深的温情。"

他的名字叫"旭",旭日东升的旭。人如其名,让人有种欣欣向荣、积极向上之感。他是我的中学同学,确切地说,是我初中三年的好朋友。

对他的记忆,我还要追溯到十多年前,地点则会选择性地定位于教学楼后面的大操场上。

旭靠在操场边的大树上,伸出粗糙的双手让我看。一双古铜色的大手上,掌心及十个指头的关节处都磨出了茧子。他握紧双手又慢慢地张开,仿佛在向我炫耀着自己的光荣历史。诸如什么"拳打镇关西""空拳斗猛虎",凡是能给他冠以猛男名头的野史趣事,他都欣然接受,丝毫不会难为情。经常性地,在别人以此类故事讥讽他时,他会很严肃地伸出双手,不紧不慢地说道:"如果当年我是鲁达,肯定会找镇关西,打得他满地找牙。"

如果放到现在,我一定会问他:"你这一双糙手,究竟是摸过枪,还是扛过雷呢?"

不过在当时,我看着自己的双手,一时间都不好意思伸出来跟他的手放到一起。因为我"细皮嫩肉"的双手在旭面前,简直就是缺失阳刚气的典型。

他的那些茧子,似乎每一个都有着一段感人肺腑的故事。

每到体育课的自由活动时间,我们就会三三两两地聚集在操场。旭也会时不时地向我们展示他的绝技,什么金刚拳、铁砂掌、旋风腿，每一项绝技都把我们逗得前仰后合。不过有一点是肯定的，那就是他的力气确实很大，否则也不会在我们面前卖弄那些"硬汉派"功夫。

的确，那时候男孩子们流行掰手腕，女孩子们则会在旁边加油助威。没有太多的悬念，旭那种天生神力级别的人，是不会遇到对手的。比赛时，只要对方一握住旭的那只大糙手，几乎就会失掉一半的信心。在他的那只大手的裹挟下，对手几乎使不出多少力气了。

我曾几次败下阵来，后来再向旭挑战，他会微微一笑，让我左手扶住自己的右手手腕，俗称让我"一个半"。这就像极了本来摆好的一盘象棋棋局，结果刚一开始，对方就主动撤掉了他的一个"车"。那真的既是他对自身棋艺的十足自信，更是对我这样的对手的本能"怜爱"。

时间长了，他已经不屑于通过掰手腕的游戏来证明自己了，开始用近乎夸张的说辞来树立自身的威信。

"只要我这一拳下去，保证教室的这堵墙就会被击穿！"旭会一边说，一边向我们展示他的长满了老茧的拳头。

"吹牛！那你打啊！"旁边的女生一脸不屑。

"不行不行，要是这堵墙被打穿了，我们还怎么上课呢？"旭会一本正经地回应道。

他的理由冠冕堂皇且合乎情理，正是基于此原因，他也一直没有真正用拳头去击穿过墙壁。我们那几年也才得以在教室里安安稳稳地学习。

难能可贵的是，拥有"盖世神力"的他，却也有着自己文艺的一面，让人刮目相看。

他有一副好嗓子，富有磁性，且唱起歌来深情动人，所以也就多了一个绰号，叫"情歌王子"。结果，一传十，十传百，他会唱歌的消息传到了班主任的耳朵里。班主任教授语文，或许是为了烘托课堂的氛围，他制定了一个规则，课堂上回答不出他提问的同学，需要唱歌一首。

当班主任把这个新的课堂规则说出来时，我看到了旭脸上自信的微笑。在他看来，语文课堂已然是他的舞台了。

果不其然，后来的事情让我真的认为这是班主任为旭量身定做的规则。很快老师就提问了旭，而他也就心领神会一般在回答时卡壳了。自然地，后半节的语文课时间，成了旭的专场表演时间。

只见他从容地站在台上，清了清嗓子，清唱了一首老歌曲《铁窗泪》，唱得人泪眼婆娑。

从那一次开始，我才知道，原来有一种力量，比他的表面的神力更加强大，那就是他唱歌时那种走心的力量。

他不仅唱老歌，还唱当时很流行的粤语歌曲。听不懂歌词的歌曲，从他的口中唱出来总是那么耐听。放学后，我们两个人顺路，经常是肩并肩地走着，同时两个人的嘴里都是在不停地哼着当时最流行的歌曲。

"前尘往事成云烟，消散在彼此眼前……"

有一句话说得好，一个人的能力越强，他的责任也就越大。这句话用在旭的身上，在当时还真的很贴切。

当时，不同班级的男生间偶尔免不了产生一些摩擦。记得一次外班的好几个学生凶神恶煞地围着我们班的一个同学，那架势似乎随时都有可能"擦枪走火"。就在那时，旭从围观的人群里走出来，一把推开了那伙学生中最为凶神恶煞的那一个，伸出自己的"铁拳"在对方的眼前晃了晃，那学生一下子变得温顺许多。他们必然是知道旭的厉害的，嚣张的气焰顿时消失得无踪影了，最后，几个人一道灰溜溜地走掉了。

旭的打抱不平，让他在同学们的心目中几乎成了英雄。

不过，我曾经在操场上亲眼看到他一个人的时候，挥着拳头朝着梧桐树的树干猛击过去，疼得他蹲在树底下半天缓不过神儿来。

为了维护他在同学们面前的形象，我把这个秘密替他保守了很久，而他，一直并不知晓。

直到很多年后，我通过微信再一次联系到他时，才在一次聊天时，告知了他的"光荣历史"。

他听完哈哈大笑,说道:"那种击穿墙壁的话他们也信啊?还真以为我是拳王泰森不成?"

"我是不信,不过,很多同学愿意相信,那我就成全他们了!"说完,我也笑了。

我们再相聚,已经整整隔了十八年。十八年,对于一个人的改变,可谓天翻地覆。他也不例外。只是,让我意外的是,他的变化比我想象的要大,他已经可以很好地在两个看似不相交的"世界"里感悟不同的人生。

他不再向我炫耀他的力量和老茧,而是从墙上拿下一把挂着的吉他。长满茧子的手,娴熟地在琴弦上舞动着,优美的琴声和着他浑厚的嗓音,让我一时间不能相信眼前的演唱者竟然是与我朝夕相处了三年之久的老同学,一个后来成绩优异的医科大学的高才生。

高三文理分科的时候,他毫不犹豫地选择了理科,因为他更擅长物理、化学等学科。最终,他圆梦象牙塔,进入了医学领域进行深造。当时被称为"物理化学三剑客"的几人,其中有我有他,只有他一人,继续着"三剑客"的使命,走进了医学这个专业性很强的领域。毕业时,他顺利地进入当地的三甲医院,成为一名医生。

他穿上白大褂的样子,我还真不太习惯,因为很难想象这与一袭黑色摇滚装束的他是同一个人。然而他却在这两个角色之间娴熟地切换，游刃有余。

按照他的说法，一身白色的职业装，代表着圣洁，代表着善良。这要求他站在患者的角度，尽职尽责。一身黑色的演出服，代表着个性，代表着洒脱。在黑色装束和白昼般的聚光灯下，他更能找到最真的自我。那是野性的呼喊，那是激情的迸发。

他和几个朋友一起组建了乐队，有主唱，有贝斯手，有调音师，几个人都有原创天赋，有型有情，聚在一起，组成了最具陕西特色的乐队。

究竟是什么样的机缘巧合，让他能够在从事医生这样一种非常理性的工作之际，还成立了自己的乐队？

我很好奇，饶有兴趣地听着他为我讲述这十八年来发生在他身上的故事。

"其实很简单，没有你想的那么复杂！"当旭看出我的好奇之后，笑着对我说。

"你居然是半路出家的！"我还是不由得感叹。

"那又如何？他们几个比我基础好，但是大家在一起，彼此鼓励和开心最重要。"旭摊开双手，坦诚地说。

他大二的时候才开始和学校的爱好者们一起练习吉他，学习谱曲。照他的话说，世上无难事，只要找到自己所爱，然后义无反顾地坚持下去。

刚进大学，他决定一改之前的自己，用他的话说，就是走出书斋，走进社会，去发现自己。他的一个同学是吉他迷，也弹得好。相处久了，旭也就被感染了。于是和同学一起拜访名师，几载寒暑，多少个彻夜的弹唱及谱曲。我是没有体验过，不过我能够通过他的口述，感受到在孤寂的夜色里那丝丝琴弦的振动，仿佛是对灵魂的唤醒。

他本身唱功很好，所以随着吉他弹得越来越娴熟，他和他的同学，也是他的搭档，经常在学校的各种活动中抛头露面，挥洒激情。屡屡登台演出，曝光率开始直线上升，旭和他的搭档已经成了学校的红人，甚至成了学校多彩生活的"名片"。

也正因此，他的弹奏技术更加精湛。于是他与搭档合计，外加另一个志同道合的乐手，一起组建了自己的乐队。乐队的建立，让旭摆脱了最初的单纯的演唱，他开始考虑乐队的定位、分工、发展、宣传、赞助等问题。他也开始走出校园，与外界的音乐圈人士进行接触和交流。NEVERLAND乐队，也就是在那个时候，成了校园里一道亮丽的风景线。

旭的乐队，不仅在高校间举办的比赛中频频获奖，还在其他的重要赛事中屡获殊荣。他的原创歌曲很多，每一首都是那么真实且直击心灵深处。他的乐队登上过西安98.8音乐台，还参加了全国范围的"快乐男声"的选拔，最终虽无缘决赛，但让他们在当地的圈子里名声大噪。

对外，他的乐队不断地开疆拓土；对内，他们在自己的校园成立了音乐社团，凝聚校内的音乐爱好者。音乐之外，他会到校外寻找音乐器材供应商，为社团的社员进行器材的采购等。他还会走访各高校的音乐老师以及著名音乐人士，特邀到社团对社员进行培训。经过近一年的努力，旭在校内成立的音乐社团，成了学校的第一大社团，他成了名副其实的社长。

再后来，毕业以后，他和朋友在工作之余，一起成立了一家培训机构，一家专门针对音乐的培训机构。自从开设了培训机构，他的开销陡增。就像他说的，突然觉得整日里资金都是不够的，包括场地租赁费、税费、人员工资、宣传费等各种费用，还有分批到期的带息负债。那一段时间，他整个人的状态都不好，每天醒来脑子里第一个盘旋的问题总是：怎么还债？

屋漏偏逢连夜雨。就在他最艰难的时候，父亲也因病离开了他。他的精神支柱不在了，只剩下他孤零零的一个人，还须一步一个脚印地走在他自己也看不清楚的道路上。

他跟我说，当时他真的有放弃的想法，变卖家产，分批还债。他说，那段时间他的音乐灵感已经荡然无存，手捧吉他的激情也近死灰。

当他说到这些的时候，我能够看到他微红的眼睛，听出那声音里的哽咽。我也才注意到，在那张硬朗的面容下，与十几年前不同的，是他眼角那变深的皱纹。

让他坚持下来的，是在一个晚上，他行尸走肉般走在二环边上时，看到的前方一个光线刺眼的广告牌。那是一个地产商的宣传广告牌，详细内容他已回忆不清，只记得上面有大大的四个字：老板不哭！

那一刻，他身上仿佛有一股电流，直击他内心最柔软的地方。那个地方，有他已远去的父亲，有他作为男儿需要守护的家。

他最终还是咬紧牙关，挺了过来，还清了纠缠了他很多年的债务。他的工作还在继续，还是平日里救死扶伤的大夫，同时，他让弟弟帮忙打理培训机构。音乐的梦想，他还在继续。

毫无疑问，他选择的这条音乐之路，无法看清前路。因为很多怀揣音乐梦想的人，都在自己的倔强和渴望中挣扎。但是，他并不是这样的，音乐更多的是他的精神伴侣。在那高亢的金属声中，在那嘶哑的歌声里，他不仅在释放自己，也在找寻最真的自己。

他告诉我，很多次，他的乐队乘坐火车去外省演出，而最终的演出费还不够乐队一行人的路费。

虽然如此，他们还是乐此不疲。原因很简单，就是出于喜欢。

这就是喜爱，这就是情怀，不需要计较成本，因为，他已经把音乐融入生命，成为一种积极向上的生活方式。

他家的墙壁上粘贴了不少演出时的海报。从宣传海报上看，他背着吉他的神态与著名的原创歌手赵雷颇有几分相似，刚毅的面容透出了一种质朴。区别就是，旭唱的是摇滚，而并非那种温情民谣。用他的话说，摇滚是用烈火一般的激情，表达自己最真实的一面。那种真实，却包含着创作者最深的温情。

我有一次提到了赵雷的《成都》，在我看来，这首原创歌曲简约而富有诗意，不失为佳作。旭听了后没有做过多的评论，点开了一首摇滚乐曲给我听，名为《西安》。在他看来，这个更符合他的个性和审美，他推荐《西安》给我的另一个原因就是，在这首歌曲里，他是贝斯手。

音乐声刚一起来，我立刻就被那种欢快的节奏以及真诚的歌词吸引住了。歌曲只有短短的几分钟，但是唱出了对古城的挚爱。演唱者是西安本地原创歌手，名叫安星，也是旭的好朋友。里面的歌词让我甚是喜爱。

旭的原创歌曲不少，每一首我都仔细听过。我知道，每一首歌我听多少遍其实都不为过，因为，这里面凝聚着旭的挚爱和青春。在这条路上，在这条音乐的梦想之路上，他一直与理想并肩而行。这条音乐之路，就是他的青春足迹。

听着他的歌曲，我似乎看到了十八年前与他同行的一幕幕画面，那个天生神力、喜好打抱不平却又质朴深情的旭，便不时地浮现在我眼前。听着他的歌，我的青春也在继续。正如他的歌曲《因你而美丽》，我的回忆，也因为有旭而美丽。

一把吉他，一腔热血，几人乐队，在不断地谱写着青春之歌。

愿旭能够在自己的音乐之路上坚强地走下去，归来仍是少年。

　　加油，我们的青春！

　　加油，我的摇滚少年！

后来

后来,旭每逢有演出,都会通知大家。我们初中的同学们共同建立了一个微信群,旭会给群里发一条邀请函,里面有地址、时间,还有他那一张张戴着墨镜、背着吉他的英气逼人的海报照片。我们会不约而同地发出赞许和鼓励的祝福语,祝愿他演出成功。

有一次,我去了他的演出场地,舞台灯光下,他和乐队的成员们站在舞台中央,清一色的黑色皮衣,加上变幻的灯光,让舞台下的我深深地被震撼。

"台下的朋友们,你们准备好了吗?"他拿着麦克风,扯着嗓子喊道。

我在人群中,头顶一根根的荧光棒在飞舞,脚下的地面也似乎随着重重的架子鼓的打击声而形成共振。

"钟鼓楼的声音永远在召唤,召唤着你迷失的灵魂归来……"在一片欢呼声中,旭那浑厚且具有磁性的声音响彻夜空。

歌声里,有烈火,有温情,有我,有他。

对于歌曲《西安》的歌词,我甚是喜欢,现摘录如下:

钟鼓楼的声音永远在召唤,召唤着你迷失的灵魂归来
依然熟悉地游走长安街上,决定去寻找梦中长出的翅膀
纺织城里的艺术工厂,有一场告别破碎的演出
手风琴在哭泣,沉睡的心被唤醒
空灵无尽的逆流时光,毅然带你去神秘的地方
那里可以听到,古城墙在歌唱
每一个漂泊的白天,撑起坚强的笑颜
每一次无助的奔忙,期待局面的逆转
每一次虔诚的忏悔,玄奘法师听得见
城北迟到的晚风,吹不灭心中明亮的灯火
黎明之前的风雨,谁也不必在意
每一个暗淡的夜晚,点燃失眠的香烟
每一次伤感的沉默,拨动生锈的琴弦
每一次释放的呼喊,家的方向听得见
西安将我改变

我在那条林荫小道上走了几十个来回，
希望时光隧道能够在某一刻突然向我打开，
让我穿越时空，
回到从前，和那个穿着背心、脚蹬凉鞋、手拿冰棍的小小少年聊聊天。

你在我的记忆深处

生命中,总能在不经意间遇到某个场景,
让人似曾相识,让人泪流满面。

静夜之思

> 人生几许,岁月几多。
> 静夜思之,方知始末。

/我们有太多的浅尝辄止/

如果要将时间做一个类比,那么它像极了从高空落下的球体,在重力加速度的作用下,越来越快!

在匆匆的时间里,在忙碌的生活中,我们的梦想是已经尘封,还是已经开花结果?这个看似"鸡汤"的词语,我们究竟应当如何与其相处?

关于梦想,我曾经一度有种消极的看法。每当看到电视上综艺节目中主持人或者嘉宾问台上选手他们的梦想是什么的时候,我都会嗤之以鼻。尚且不论台上选手的一个个梦想是否符合实际,实现的可能性有多大,单就主持人或者嘉宾们自己,他们的梦想是否实现了呢?或者他们作为主持人或嘉宾之外的所谓的成功的身份,是否通过自身的努力及公平竞争而得来的?

现实是,台上选手们的梦想的终点,很可能才仅仅是台下所谓的成功人士的人生起点。所以,每当我看到诸如此类的节目时,心头并没有激动,而是倍感沉重。

记得几年前,与朋友在讨论这个话题的时候,自己说出了四个字:"梦想残忍。"

当时认为,一个个不切实际的梦想,耗费了自己太多的精力和时间。梦想像极了残酷现实的华丽外衣。

回顾一下自己一路走来设定的梦想，数量多得数都数不清。正是这些数不清的所谓梦想，吸引了我的注意力，牵扯了我的精力，耗费了我的时间，而最终，我不得不面对现实，放弃这些看似美好的梦想。

后来随着时间的推移，我逐渐发觉，所谓耗费时间和精力的一个个不切实际的梦想，它们出现的原因，在于自己有太多的浅尝辄止。这与梦想本身无关，而与自身有关。

想象一下，在过去的几十年里，我们一直在不断地更新着自己的梦想，用各种看似合理的借口，为自己的懒惰、逃避进行开脱。我们有太多的浅尝辄止，导致了很多小小的成果大都昙花一现。

梦想，其实是一个虔诚的旅伴，没有过多的索求，需要我们付出的，仅仅是时间。而在这样的时间里，我们将学会很多，包括宽容、忍耐、坚持、乐观、释然……

同样一件事情，让不同的人去做，结果相差甚远，原因就在于，对事情是否专注与坚持。做好一件事情的密码便在于此。

直至如今我才发觉，最应当学习的，不是那些令自己艳羡已久的谈笑风生和八面玲珑，而是打上自身烙印的始终如一和坚持到底！

大多数时候，我们的梦想总是在时间长河中向现实妥协。在我看来，这更是一个梦想与自身现实的融合，是一次提升和改变。没有这样的改变,我们无法懂得时间的宝贵,无法理解生命的真正意义。

新的一年开始了,"梦想"这个老朋友和我一起上路,而我,也想多陪陪它!

/给未来一个预期/

"你长大后想做什么?"母亲问我。

"我长大后想当科学家!"我不假思索地答道。

这是我小时候和母亲之间的经典对话。在我的孩提时代,这个答案绝对是最为正确的回答了,也是那个年龄段应有的最高理想。

渐渐地长大了,如果母亲再问我同样的问题,我估计自己会语塞得不知如何回答。

幼小的、不谙世故的心灵,总是觉得一切皆有可能,而往往在人生路上,偏离得越来越远。这样的对比,尤其是在夜深人静时分,会给人一种空落之感。绝大部分人皆如此,这种感觉的根由何在?

我以为,根由在于我们当下缺少一种对于自身而言的不确定性的预期。

给未来一个预期,人生或许大为不同。

举个例子,对于绝大部分人而言,人生轨迹不外乎小学、中学、大学、工作、结婚、生子等。这一个个的节点,像一个个设定好的关卡一样,横亘在我们的路上。同样,一个个的节点，也像是一处处必经的风景一般，在远处等着我们。小学之后会有中学，中学之后会有大学，大学毕业会走上工作岗位，之后还需要经历结婚、生子这些人生路上的既定环节。

对于任何一个还没有参加高考的人来说，他没有理由一开始就认为自己会考得一塌糊涂。相反，他或多或少会对自己的未来抱有一种预期，一种可以考好的预期，乃至考入顶级学府的畅想。

对于那些还没有结婚的人来说，他们没有理由认为将来的自己，会娶一个或者会嫁给一个自己不喜欢的人，而是梦想着能够迎娶自己的女神或者嫁给自己的白马王子。

对于还没有走上工作岗位的人，他们也都或多或少在想，自己有可能在某一天，通过令人羡慕的工作和可观的薪水，走向自己的精彩人生。

诸如此类，不一而足。

是的，正是这些早已经为我们人生道路设定好的节点，让我们对自己的未来，充满了想象，充满了希望。

但是这些节点终会过去，我们终究要完成高考走进象牙塔，终究要走上工作岗位，终究要结婚生子。当这些我们人生路上的重要节点都经过以后，我们的生活似乎已经步入了平淡且漫长的轨道，似乎只剩下确定的事情了。父母终究会变老，孩子终究会长大，我们自身也终究会在日复一日的不断重复中渐渐老去。是的，真的是细思极恐。

那么怎么办呢?

往往在这个时候,很多人似乎认命了,而把更大的希望寄托在孩子的身上。殊不知,在现在这个社会上,自己所能达到的高度,才只是孩子的起点。自己得过且过,孩子又能在将来实现他自己多大的梦想呢?

山村里确实能够飞出金凤凰,但是,这样的金凤凰不常有。面朝黄土背朝天的生存状态,无论如何,也难以给孩子奠定多高的起点,让他去实现人生的伟大抱负。

所以,与其把希望寄托在孩子身上,倒不如从自身开始着手改变。一个家族的命运,也就是在当下的一点一滴的改变中,通过代际进行传递和累积的,最终方能实现质变。

那么,我们需要做的就是,人为地为自身不断地设置这样的节点,给自己未来一个预期。这样,不仅能够激发我们的激情,而且能够最大限度地挖掘潜力,充实地过好每一天。这也不仅仅是为自己,更是为家庭负责的态度。

就像我的好友晓海一样,他经受了失恋的悲痛后,重新调整了自身。在那个当时他看不到光亮的未来之路上,人为地设置了节点,给了令自己振作的预期,最终,他确实如期地通过了难度很大的CFA考试,并最终在职场上做出了自己的贡献,在一定程度上改变了自己的命运。

那么您,会是下一个晓海吗?

/减法人生/

随着互联网的发展以及各种资讯爆炸般袭来,给我们的生活带来的冲击和成本越来越高。这种成本更多的是时间的成本,我们的生活越来越多地被各种资讯和信息占据着。

记得在手机上看过这么一篇文章,题目是《碎片化阅读正在让我们变得越来越愚蠢》。这句话道出了当前人们普遍的一种症结所在。

总结一下,可以用以下两点概括:

1.碎片化阅读;

2.知识焦虑。

碎片化阅读让我们越来越便捷地获取资讯,但并不深度地进行信息的加工和理解,况且,观点相左的信息铺天盖地,在公说公有理、婆说婆有理的状态下纠缠不清。我们越来越沉浸在快速获取结论的快感中,从而丧失了判断力和分析能力。

伴随而来的,就是所谓的知识焦虑。

让我们打开自己的微信,点击"收藏",数一数里面究竟收藏了多少篇文章,里面究竟有多少篇文章我们认真地看过?

我认识一个朋友,总是抱怨自己的时间太少,很多的资讯都无法及时地了解。他的微信收藏有一千多条，经常性地，他都会为此焦虑，焦虑自己何时才能看完那些收藏的"好文章"！然而每一次点开微信，他还在不停地点开各种订阅号，不断地重复着点击、收藏的固有动作。在这个知识爆炸的时代，他总是焦虑，怕自己错失了很多有价值的信息而与时代脱节。

当我问他，如果收藏的东西从来都不去看，那么收藏还有何用？为什么不将之前的收藏一次性清空呢？这样也许会感觉轻松些。

他想了想，觉得我说的有道理，却较难付诸实施。主要原因在于，焦虑会使他不断地收藏，随着收藏数量的增多而进一步地焦虑。

庄子的一句话无时无刻不在我耳边回响："吾生也有涯，而知也无涯。以有涯随无涯，殆已！"就是说，人的生命是有限的，而知识是无限的。用有限的生命去追逐无限的知识世界，是不明智的。

所以，鉴于以上的感慨和所思，我明白了一件事：人生应该开始做减法！

去掉那些无用的社交，回归家庭；去掉那些无用的信息，集中精力，整理思绪；去掉多余的所谓爱好，回归真我，回归实际。应当转变成专注于家庭的温馨和睦，专注于独立的思维体系、分析体系的构建，专注于自己核心竞争力的锻炼和塑造。

我们需要专注那些最为重要的事情，这样才能在时间上游刃有余。

我们需要构建自己的知识及思维体系，这样才能在知识的海洋里畅游，而不会迷失和焦虑。

我们需要在一定的年龄里，开始做人生的减法，这样才能把最重要的事情做好，真正地体会到生命的意义。

/水平线/

记得看过这么一句话，意思是当我们知道得越多的时候，我们就会发觉，自己无知的领域会更多。我们的知识就如同一个球体，当知识越多，球体越大时，接触到球体外延的空间也就会越大。

此话不错，在我看来，此话还有一层谦虚之意，就是随着年龄、见识的增长，在为人处世上更要有低调的价值观念。

溪流多起于山涧，江河多汇于平原，而终究汇入宽度最宽、深度最深，却又"姿态"最低的大海。溪流尽显湍急，大海终显平静，平静得如同一面镜子，映出了最美的天空。

只有放低姿态，才能承载更多；只有静下心来，才能感悟到最美的人生。

在我们放低姿态的同时，应当尽己所能地提升自己能力的"水平线"。

人生如逆水行舟，不进则退。我们必须奋力向前，因为在逆水中，一旦后退，则后退的"加速度"会越来越大。人生亦如舟，水面的高度决定了行舟的高度。其实很多的问题甚至困难，往往都是由我们自身的高度所决定的，高度不够，我们看到的必将是无尽的障碍，这就如同浅水里搁浅的船。所以，唯有提升我们自身的高度，才能在整个人生长河中避开过多的暗礁与险滩。

所以，高水平、低姿态，能够让我们站得更高，看得更远，获得更多。

/我所理解的幸福/

什么是幸福?

简单的词,却包含了太多太多。在我的理解中,幸福是一个过程的体验,而非一个结果的展现。

因为,如果我们将幸福设定为一个结果,也就是看成一个事情的预期的结果之时,幸福往往会离我们很远。而当我们将其看作一个过程的时候,我们便能够时时刻刻体会幸福的感觉,感受其温暖。

于我而言,幸福便是一个个过程的体验。

小时候,当母亲变魔术一般从手里变出一个个我喜爱的水果,与我共同品尝时,我感到非常幸福。

每隔旬月,母亲就会在我测量身高的墙壁上画上一道新的印记,看着一道道我长高的标识,我感到异常幸福。

每逢学习过程中取得了好的成绩,父母及亲友们都会高兴地对我赞许有加。看到自己的努力得到回报,得到肯定,我感到由衷的幸福。

当我离家远行,"风餐露宿"、孑然一身之时,我体会到了能够与最亲的人团聚,是一生中最大的幸福。

此刻，我于台灯下敲击着键盘，小时候的画面，如同电影一般在我眼前重现，我感到回忆也是一种深深的幸福。

　　是的，幸福无处不在；幸福中，有你有我。

/人生的峰谷/

人生就如同那起起伏伏的山峦，有巅峰的时刻，也有低谷的时候。这种跌宕起伏的状态，其实也就是我们人生轨迹的真实写照。

月有阴晴圆缺，山有峰谷错落，人有悲欢离合。如果我们能够很好地理解并接受人生的这种常态，那么，生活本身就是一件非常美好的事情。以这样的眼光看待未来，才会看到光明！

将人生比作高低起伏的山峦，其实还有着更深一层的含义，因为这样的比对能够让我们总结自己的过去，更好地规划自己的未来。人生无常，跌宕起伏在所难免，我们要能够看到自己未来的人生顶峰，在遇到挫折时不气馁，伤心时不迷茫，永远坚信天道酬勤。只要自己脚踏实地、坚定信念、勇于前行，我们都可以达到自己人生的顶峰。

/做独一无二的自己/

下面这句话从网上摘取,读后深有感触。

"总认为,我的怪异会导致没有人喜欢,没想到,恰恰是因为我的怪异,而被你需要。"

是的,只有坚持做自己,才能做到最好。人云亦云,也只会是在时光里,失去棱角,丢掉色泽。

同样的道理,性格的优劣,其实并不像我们想象的那么大。这个世界上从大的方面来讲,不外乎两种性格之人,即外向的人和内向的人。

那么,难道一定要起码占有一半比例的内向的人转变成外向的人才是对的吗?

虽然性格决定命运这句话不错,但是更为合适的是,每个人应当结合自身的性格特点,找寻到适合自身的特长和个性,这也是更为明智和理智的选择。

尽己所能,做独一无二的自己。当你足够努力,好运就会降临。

家乡的霓虹灯，在一点一点地改变着我对家乡固有的认知。
希望这片霓虹灯能够越来越亮，
就像我记忆中的除夕夜晚的烟火，能够照亮整个天空。

你在我的记忆深处

心灵足迹

> 每一个脚印,都是心灵的烙印;
> 每一串足迹,都是灵魂的旅行。

/背影/

陪伴我最长久的习惯，应当要数长跑了。从很小的时候开始，我便每天清晨时分，在天还未亮、街边商贩尚未开张之际，随同父亲一起伴着路灯，开始了一天的晨跑。

那时候的我，和父亲比起来，身材矮小，步伐不大，所以总是跑在父亲的后面。望着他高大且健步如飞的背影，我只有追赶的份儿。在我累得气喘吁吁之时，会大声地呼喊父亲，他便放慢脚步或者停下来等着我。每次按照既定的路线跑完之后，路上的行人开始增多，街边的早餐铺子也已开张。父亲会为我挑选我最喜欢的早餐，犒劳晨练中"鞍马劳顿"的我。

那时候，父亲的背影，就是我前进的方向，就是夜色苍茫中我前行的动力。

上了中学，我和父亲的晨练还在继续，不过我已经可以经常跑在他的前面了。当我跑在父亲的前面时，我便留给他我的背影。

父亲在我的身后，一直默默地支持和护佑着我，不论前路遇到什么坎坷，一旦想到身后的父亲，我便充满力量，不再茫然。

从2014年开始，我每一年都会参加城墙的祈福长跑。距离为13.74公里，绕城墙一周，象征着为已经过去的一年画上一个圆满的句号，同时迎接美好的新一年。每年一次的环城墙长跑，仿佛在为古城画上一圈年轮。对我而言，这样的长跑，也是我一直以来的习惯。

　　环城墙长跑的过程，让我明白，长跑如人生。漫漫的跑道，恰似漫漫的人生路。一路上，有困乏，有汗水，有竞争者，也有相互鼓励的同行人。无论如何，唯有靠自己一步一步地向前，才能迎来那最终冲过终点线的时刻。

　　望着那长长的"跑道"，我便想起了父亲的背影，高大魁梧、健步如飞，给我指路，给我护佑。

/惶惑嘉午台/

秦岭，又称终南山，距离西安城区约30公里。天气晴朗的日子里，秦岭巍峨的身影仿若近在眼前。对于我这个登山爱好者而言，真可谓近水楼台先得月。每当望到那连绵起伏的群山时，我都按捺不住自己跃跃欲试的激动心情。那里有吸引着我在密林间只身探险的刺激，那里能回荡着我在山顶上振臂高呼的豪情。秦岭，就是这样一个能够满足我所有想象的地方！

一个假日的清晨，我背着行囊，早早地出发去往一直被驴友们称为"小华山"的嘉午台。因为是浅山，我开始并不认为这座山有多么险峻，遂只顾踩着溪涧山石逆流而上，没有对山势之险峻做好心理准备。

爬了两个多小时快及山顶之际，方觉嘉午台之险并不在华山之下。西岳华山十分完备的安全设施，嘉午台都不具备。嘉午台的最高点在被称为"龙头"的地方，"龙头"是立于山顶的一块巨石。上得巨石，方为登顶。

结果，这座山是我爬过的所有山中，唯一一座没敢爬到山顶的。我想了很多的字眼来形容，最终还是觉得用"不敢"这个词最为贴切。当我站在"龙脊"上，已感觉到些许眩晕。

"龙脊"细而窄,两边则是让人毫无着力点的万丈深渊。走过长达两百米的"龙脊",方能上得了"龙头",登顶嘉午台。

看到一些驴友已经走了过去,有一些确实也是冒着风险手脚并用地爬了过去。我犹豫了一会儿,尝试着俯身像那些驴友一样往过走,但是刚刚走了几步,一阵阵的眩晕让我立刻停止了尝试。

我站在"龙脊"前徘徊时,心里一直在挣扎。眼看就能登顶对面的"龙头",可中间似乎隔了一道难以逾越的鸿沟。走过去必然还要原路返回,激情与理智经过一番激烈的斗争后,理智占了上风。最终在"龙脊"上,我选择了放弃。

理性告诉我,就算我走过"龙脊",登上"龙头",又能如何?我的安危,还连带着更多的人。我为一时的豪情,将自己置于巨大风险之中,实在不是明智之举。

大山千千万万,我有生之年能征服几座?挑战极限,其实是一场没有收益而有着无限风险的赌博。想到这里,我毅然地回头,向着下山的路走去,因为明天,还有太多的美好等着我。

想到这里,我不再为自己的望而却步而自责和惶惑,并不觉得自己在大山面前是一个"失败者",反而惊叹大自然的鬼斧神工,让我油然而生敬畏之心。敬畏大自然,敬畏生命,让人生绽放出更加绚丽的色彩。

/一直在寻找那么一个地方/

这张照片是在秦岭深处的凤县所拍,时间正值国庆。

那是国庆节的第四天,大约凌晨时分,我及家人行至秦岭分水岭附近,山中雾气渐浓,而且淅淅沥沥地下起雨来。路面开始变得湿滑,由汽车尾灯组成的蜿蜒的"红色长龙",渐渐地在我们面前模糊了身影。行至雾气最浓处,一切都在眼前一两米的距离内消失,只剩下车灯照射下那白茫茫的迷雾。前车的双闪灯也形同虚设,在大雾弥漫的山岭中没了踪影。

夜晚、雨天、山路、迷雾,如同四个悍将,一同向我们扑来。我选择了"闭关休战"的策略。我打开双闪灯,拉起手刹,停了下来,一动不动地等待着"劲敌"的气势消退。结果,整个山岭似乎都在我拉起手刹的那一刻安静了下来,迷雾中的"喊杀声"也随之消遁。没有一辆车敢在那种情况下充当英雄贸然冲在最前面为队伍开路。等了足足五分钟后,浓雾稍散,方才看到几米开外的前方停有一辆大货车,打着双闪灯开始启动。我立即跟了上去,方才如虎口脱险一般,从迷雾中开了出去。

之后,我们稍做停留,开赴凤县①。暮色降临,嘉陵江畔的

---

① 凤县:位于陕西省宝鸡市西南,古称"凤州",始建于秦朝。嘉陵江为境内最大河流。

彩灯开启，临江两岸的山峦遍布灯光，仿佛望不到边的星空，将整个县城照亮，恰如"七彩凤县，月亮之城"的宣传口号。

音乐喷泉和羌族歌舞也让人耳目一新。喷泉由主喷和副喷两部分组成。主喷高一百八十四米，为目前亚洲第一高喷泉；在欢快愉悦的乐曲声中，通过火泉、雾泉、盘龙抱柱、追风逐月、光芒四射、孔雀开屏及十二朵荷花等几十种水型，不断组合成多种变幻莫测、绚丽多姿的喷泉景观。它如运动的画，更似变幻的诗。

那一晚，山风将我的所有烦恼一并吹走。嘉陵江畔，月夜之下，如诗如画般的美景，诠释着七彩凤县独有的宁静与繁华。

一直在寻找那么一个地方，静美如梦。凤县之夜，静美至极，一个可以去掉浮华、倾听内心声音的地方。当我找到它时，便不愿再醒来。

凤县之夜，静美至极，
一个可以去掉浮华、倾听内心声音的地方。

/外国友人/

这是我在北京出差期间的一个插曲,虽然只是一件小事,却至今让我念念不忘,感悟颇多。

那次出差,正好赶上了北京初冬的雾霾。我驱车到达目的地后,远远地便看到大楼门口处有一个外国女孩在和一身军绿大衣的站岗门卫交谈。女孩不断地用手在比画着什么,从她的手势可以看出,女孩略微有些激动。很明显,门卫并不明白她究竟想要说什么。

我走近停了下来,想一探究竟,那个女孩看到我后,便指了指两个门卫,紧接着又指了指自己。

她二十来岁,看着似乎是一个留学生。

"It is wrong! It is wrong!"那个女孩指着自己戴着的口罩,说着简单的语句,用焦急的眼神看着我。

我突然意识到,她应该说的是,在雾霾天里,两个门卫没有戴口罩是不对的。

是的,没错。当我向她表述这个意思的时候,她用力地点了点头。

两个门卫明白了女孩的意思后,都笑了笑,仿佛在说,那样是不被许可的。

女孩急了："I want to see your leader！"

我有些吃惊，女孩居然因为这个问题要向门卫的领导反映。她居然如此热心且执着，为两个素不相识的人"伸张正义"。

我和她一同走进大厅，向工作人员说明了原委。工作人员听后，面无表情地向我们指了指楼梯口，说了一句："负一层。"

由于时间的原因，我乘坐了向上的电梯，那个女孩乘坐了去负一层的电梯。我匆匆地走过，匆匆地应付，而她，则设身处地地在奔走。电梯截然相反的方向，拉大了我和她之间的差距。

其实当时的我，并不认为这个女孩去往大楼管理处能有什么作用，因为我似乎习惯于做一个旁观者，尤其是在与自身不相关的事情上。

当我从大楼出来的时候，大约是四十分钟之后了。令我吃惊的是，站在门口的两个门卫，都戴上了口罩，笔直地站在大门的两侧，多了些自信和从容。

他们看到我时，都向我点头，报以感谢的微笑。

我知道，我其实并没有做什么事情，若不是那个外国女孩的坚持和努力，我可能真就是一个旁观者，一个从门卫身边走过的，一秒都不会停留的"旁观者"。

如果每个人都能够尝试着从一个旁观者转变成一个参与

者,那么我们的世界或许会大为不同,我们的生活或将呈现出另外一番景象。其实,从旁观者转变为参与者,并非难事,只要细心,只要用心,只要有一颗善心。因为只有如此,生活中一个个的美好才会接踵而来。

/心中的圣境/

之前在网上看过一个帖子,江苏镇江一家人几十年间,每一年都在金山寺外的同一处地方拍照留念。照片中变化最大的就是孩子,从孩子一岁时的第一张照片开始,孩子在一年一年地长高、长大,几十张照片串联在一起,呈现出了生命的轨迹。背景的金山寺宏伟依旧,曾经大人襁褓中的孩子已经亭亭玉立,曾经的幸福两口子,变得两鬓斑白。真可谓年年岁岁塔相似,岁岁年年人不同。

那一组照片我看了许久,并不只是那样的创意吸引了我,更是那种积极且持之以恒的对待生活的态度,让我无法将目光从那些照片上移开。

二十多年的时光,其实很快,像极了一张被压缩了的书页,一翻就过。也许真的需要留一些特别的纪念。上述的方法,何尝不是一个好方法?

当我想要效仿的时候,心里便想到了家乡的那座塔——长安塔[1]。虽然没有多么深厚的文化积淀，没有经历多久的历史变迁，但是，它曾在很多个夜晚，用周身的七彩流光为我带来光亮。多少次，迷茫中、困惑时，都有它的默默相伴。每次看到它那高耸入云的身影，我就会默默许愿。如今，我已经做好了准备，每年随同家人一道，在同一地点以长安塔为背景，拍照留念，虔诚祈福。

长安塔就是我心灵的圣境，照亮我前进的道路。很多年后，当我如同奶奶那样，坐在阳台的小凳子上，沐浴在暖暖的阳光下回忆过往的时候，长安塔，或许是第一个浮现在我脑海中的地方。

---

[1] 长安塔：长安塔是2011年西安世园会的标志，也是园区的观景塔，在设计上保持了隋唐时期方形古塔的神韵。塔高九十九米，地上部分分为七层明层和六层暗层，象征古城西安的十三朝建都史。所谓明层，就是四面玻璃通透，全自然采光；而暗层被屋檐遮挡，四面是墙壁，需要灯光照明。这样，从外观看，长安塔是一座七层"佛塔"。

七彩长安塔,是我心灵的圣境,
每年的同一天,我都要走上那"一个人的朝圣"之路。

/创新之美/

六月底，去了趟北京，于出差间隙，参观了慕名已久的798艺术区。地点位于北京朝阳区酒仙桥街道大山子地区，为原国营798厂等电子工业老厂区所在地。之所以对798产生兴趣，是由于我的家乡附近就有一个国际艺术区，宛如798的浓缩版。798艺术区就坐落在之前的国营印染厂厂区内，在四周高楼不断拔地而起的狭小空间里，保持着自身的恬静和个性。那古旧的瓦房和砖墙，令人能够回想起印染厂的过往以及那个时代的峥嵘岁月！

在798中，绝大部分的创意和艺术是我这个外行看不懂的，但是，还是有一些小小的创意产品给了我惊喜，令我回味。在一个小店中，我看到了小时候家里做饭时用的煤气罐，只是体积小了许多，拿在手中也较为轻便。当店主告诉我这是一个音箱的时候，我还是被这样的创意深深打动了。当店主接入电源，扭动"煤气罐"上面的阀门时，动听的旋律便由小变大，由远及近，充盈着整个小店。这真是个美妙的创意，煤气罐和我们的昨天相连，有了"家"的概念。在聆听美妙音乐的同时，让我们追忆过去的时光，感悟美的创意带来的喜悦。

在798内还有另一个创意令我印象深刻,那就是"熊猫慢递"。在生活节奏越来越快的当下,这个可爱的名字让我驻足并入内观摩。店内淡黄的色调及复古的装潢,仿佛凝固了时间。给未来写信,致某人或致自己。我思忖着,写给十年后的自己,我会写些什么呢?十年后的自己倘若真的打开这封从十年前寄来的书信,是否会哑然失笑,是否会泪流满面?十年的光阴,仿佛压缩成了一张薄薄的信纸,穿越时空……

在自己已经被如此创意感动之下,准备动笔留言给未来的自己之际,却由于时间的紧迫而无奈离开。

在798内,我看到了很多好的创意和产品,不过,让我印象深刻、几欲消费的产品,皆是令我感动的。那个小小音箱,让我联想到了家的温馨、童年的美好;那封慢递信笺,让我充满了对未来的憧憬。时光的美妙,或在于此,让我几乎忘了当下,融入美好的艺术和创意之中……

当店主接入电源，扭动"煤气罐"上面的阀门时，
动听的旋律便由小变大，由远及近，充盈着整个小店。

/西　湖/

第一次看到西湖,是傍晚时分。湖水远山初蒙黛色,自己如同走进了一幅梦寐已久的水墨画中。很久以来一睹西湖芳容的期盼,都在那一瞥间得以成全。微风伴着细雨,我同家人撑着伞,漫步在湖边的幽幽小径。

美丽的神话故事,为西湖增添了神秘的色彩,令人神往。

第二日一大早,我和家人伴着细雨,开启了环湖暴走的模式。之所以选择用步行的方式来环湖游,是因为我觉得,环湖意味着圆满,而步行代表着虔诚。那一次的环湖之行,满足了我一直以来的对于西湖这个神话一般的天堂的向往。

这张照片是我们一同环湖后,对彼此的计步器步数的留念。上面的数字,都刷新了我们自身往日的纪录。

一步步地累积,结果超越了自身往日的纪录,确实是一件令人开心的事情。

珍藏着这张照片,不仅由于是西湖留念,更多的时候,看着这张照片上的数字,让我体会到了积极的人生。

一次次的努力与奋进,终究会在未来的某天或者某个时点,让我们达到理想的高度。

其实生活就是这样，我们身后走出来的轨迹，就是我们自身绘就的。

未来是否能够实现我们的理想，决定权就在当下，就掌握在你我的手中。

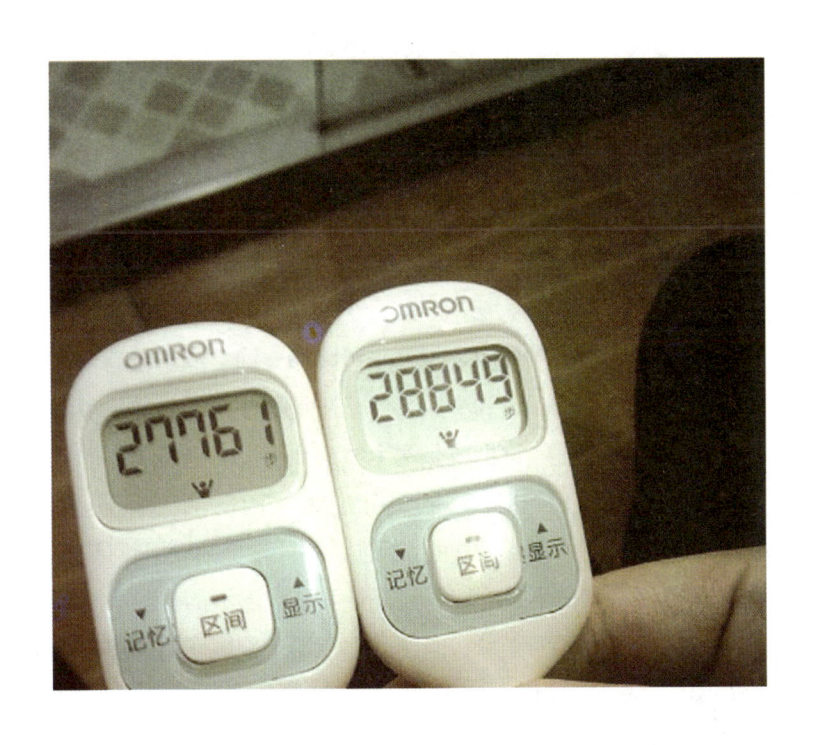

一次次的努力与奋进，终究会在未来的某天或者某个时点，让我们达到理想的高度。

/大美卢吉道/

深圳在我脑海中的定位，几乎可以和一河之隔的香港合二为一。不论是大街小巷的港式餐饮，还是那些行色匆匆、每日往返于港深的上班族，抑或是两个城市几乎没有语言障碍的无缝沟通，都给人一种感觉，两个城市的融合正在一步步加深。

当然，这些都浮于表面。不过，第一次走在深圳河边，透过隔离网看到香港地界时，还是令我心潮澎湃的。似乎所有的、从小开始积聚的崇拜、向往，都在那一刻爆发。梦想似乎近在咫尺，只有一河之隔。

我记得：

我的第一张挂在墙上的海报，就是刘德华的。

我的第一盘流行歌曲磁带，就是张学友的。

我看的第一部令我印象深刻的香港电视剧，就是《上海滩》。

我看的第一部武侠著作，就是金庸先生的《射雕英雄传》。

……

还有太多太多的第一次，都和香港这座国际化都市有关。而那一次，就在深圳河边，我亲眼看到了这个曾经只能是出现在幻想中的城市。我被深深地感动，或者说，是被自己多年来的向往和执着感动了。

在深圳工作四年来,我去过香港十多次了,免不了在维多利亚港边吹吹海风,在铜锣湾琳琅满目的商场购物,在星光大道上伸出手掌过把明星瘾,在中环边望着那城市森林而畅想未来。在我的印象中,香港一直是一个快节奏的都市,就连街上的车辆都飞驰而过,就连商场的电梯速度也比内地快上许多。但是,自从我和家人一起游览了太平山的一条小道后,我才有种不一样的感觉,才感受到繁华都市里的宁静,仿佛世外桃源一般让人细细品味,让人有融入这座城市的感觉。

当我们乘坐计程车到达太平山顶,从观景台下来的时候,面临一个岔路口。正在犹豫究竟选择哪条路之际,听到了两个中年妇女在用粤语向我们说着什么。一看便是香港的本地人,两个人在努力地结合着手势,给我们说着。当时,我真是在家人面前原形毕露。以前总在家人面前卖弄粤语歌曲,让他们误以为我的粤语在广东的大环境下已练得纯熟。其实,只有我自己明白,没有多少语言天赋的人,粤语似乎比英语还要难。还好,两个香港人的手势几乎已经为我们翻译了一大半。后来我们才明白,她们看我们是游客,建议我们走其中一条小路,说那条小路的景色很美。

我们谢过后,走上了那条她们强烈建议的卢吉道。山顶环绕一周约3.5公里,起点位于凌霄阁旁的卢吉道,建于1913至

1914年间，以香港第十四任总督卢吉爵士的名字命名，部分路段是"栈道"。沿卢吉道走二十分钟，便到达卢吉道观景点，壮观的维多利亚港全景尽现眼前。这里美景如画，信手就可拍出佳片。紧接着卢吉道的是林荫夹道的夏力道，顺着这里往前走，便可返回凌霄阁，完成环山之行。

卢吉道，让我体会到了不一样的香港，让我感受到了繁华之中的宁静。还有那两个热心的香港人，若不是她们的耐心和热情，这个山顶的"世外桃源"必定与我无缘。那一次的环山之行，也是圆了我年少时的梦想。很多的期望和梦想，不是不会实现，而是会在既定的路上等着我们。正如卢吉道，道旁郁郁葱葱，曲径通幽，不定在某一个弯道处，你会和美好不期而遇。

/柴达木盆地/

　　柴达木盆地，对我而言，这个曾经只存在于地理课本中的遥远的地名，在2016年的8月，与我不期而遇，"相见恨晚"。

　　那次是因为出差，我与同事一道，从德令哈机场坐上了对方公司的接车。我随口问了对方项目地的距离，被告知单程尚有400多公里，当时的我们除了惊讶就只剩下惊讶了。对于他们而言，长期的行程来往早已习惯，动辄几百公里的路途稀松平常。对于我而言，那令人振奋的穿越才刚刚开始，让人充满期待。车驶离德令哈机场，一路向西而行，横穿柴达木盆地的行程就这样突然得让我猝不及防。

　　离开了嘈杂的闹市、林立的高楼、匆忙的人群以及紧张的节奏，迎面而来的则是荒凉的戈壁、广袤的沙漠以及诡异的雅丹地貌。行程未过半，眼前的绿色几乎消失殆尽，寸草不生的无人区，只有刀劈斧削般刚毅面容的远山与我们为邻。

　　一个转角、一个缓坡后，眼前的景象让我惊呼。小柴旦湖犹如一条落入凡间的蓝色玉带，萦绕在远山脚下，让我们忍不住停车良久。没有想到的是，现实的景致比美化过的图片有过之而无不及。那种身临其境的震撼，是在照片中无论如何也感受不到的。

在雅丹地貌中穿行，左右皆是形态各异的土丘，似万马奔腾，向我们的身后疾驰。同时，那些变幻的土丘又让我那么熟悉，犹如网络游戏CS的画面效果，让我在千里之外，享受了一番CS"实战"的极致体验。

那日的行程往返共计800公里有余，完成了我西北自驾的长久夙愿，也体会了苍凉与壮美相融的别样景致。一路上，司机如同向导一般为我们讲述了很多野外经历和趣事，加上他播放器里的腾格尔那豪放的歌声，十分地应景和尽兴。临分开时，我们互相留了联系方式，他笑着说很快他就会有可可西里的狩猎之行，届时邀请我们。是的，盛情难却，不过与可可西里的缘分，还真不知何日能够实现。

那条我们驱车狂奔的国道，没有城市的繁华，却更显其真。也许，真正的自己，就是需要在那长达800公里的穿行中，才能够寻觅。

穿越柴达木盆地，找回失去已久的自己，
那个曾经与蓝天白云、绿树青山为伴的自己。

/斑驳的爱情/

当我看到家乡周边那些像艺术品一样的老房子墙上写着大大的"拆"字的时候,心里不免神伤。

曾几何时,那里的人们是被羡慕的对象,那里的故事也是被传诵的篇章。而我,几十年来置身其间,随着那里一砖一瓦的变老而渐渐长大。

那里,有着最美的夕阳的余晖;

那里,有着高高的在风中吟唱的白杨;

那里,有着我最好的"启蒙老师";

那里,有我孩提时代无忧无虑的时光。

而如今,这些都一一变了模样。这些改变,随着纺织城的历史变迁,而一并到来。

昔日繁华的纺织厂,曾经承载着中国纺织工业的希望,倾注了几代纺织人的梦想与激情,被视作中国纺织产业发展史的一个缩影。我以自己所在的省份为例:从20世纪50年代建厂至1988年,陕西省的纺织工业总产值占全省工业总产值的14.5%,是全省第一大行业和第一纳税大户、创汇大户。同时,在几十年的发展中,逐步形成了以国棉三、四、五、六厂和西北一印等五座大型纺织印染企业为支柱，以西北电建四公司、纺织科研所等十余家大中型国有企业为主体的现代工业集群。西安的纺织城成了一个传统的工业城区，也是西北地区最大的纺织工业基地。

随着改革开放，市场经济到来，此类行业的国企在计划经济中占据的优势逐渐消退。纺织设备更新缓慢，管理制度落后及人员冗杂的沉疴，使得国有大厂改革的步伐跟不上时代的脚步。

我曾多次走进曾经被誉为"小香港"的纺织城各厂区。每每走进那空旷的厂房，我都略带感伤，一种怀旧般的情愫涌上心头。那陈旧的设备，那斑驳的瓦墙，都与纺织城昔日的辉煌形成了强烈的对比。而与厂区相邻的由苏联援建的老式住宅群，依旧青砖红瓦，同样美丽，同样忧伤！

给我印象最深的，是那凋敝厂区里斑驳的墙壁上用粉笔写出的两个俊秀的字：爱情！在破旧的厂房映衬下，这两个字让我感到了异常的真挚。恍然间，仿佛那些曾经美丽的纺织女工，嬉笑着从泛黄的过往中走来。那爽朗的笑声里，那纯真的面容中，激荡着多少动人的故事，而今，都深藏在了她们被岁月河流"冲刷"出的深深皱纹间。我还清晰地记得，20世纪90年代末的那场史无前例的职工下岗潮，纺织城的主要路段，皆被下岗工人拦截，阻塞了交通。她们在路中间一字排开，手里还不忘自己的针织活儿，仿佛在编织着自己的愤懑，亦在编织着自己对未来的希望。每每想到当时的情景，心头都涌起阵阵莫名的惆怅！

纺织厂，承载了多少人的梦想，影响了几代人的命运，却终将随着经济浪潮离我们远去，进入那个渐渐被遗忘的角落。

小时候的记忆，正在一点一点地消失，我抓不着，追不上。我想用文字，找回那回不去的过去，追逐那追不回的流年。

破旧的厂房里，墙壁黑板上俊秀的"爱情"二字，灼灼其华，似乎让我看到了那里峥嵘岁月中曾经的温情脉脉。

跨越时空的约定

> 缘,妙不可言!自此,我的心灵真正地找到了归宿,那个地方有爱,叫作'家'!

一直很喜欢看韩国电影，尤其是那种贴近生活的、深刻反映现实的影片，总是能够给我持久的心灵震撼。回过头来再看美国好莱坞的商业巨制，反倒觉得索然无味。有一部评分很高的韩国电影，叫《假如爱有天意》，又被译为《不可不信缘》。还记得我第一次看这部影片时，对结尾诠释的"缘"久久难以释怀，不承想，在自己的生命里，这般的缘分也能够上演。

　　那天是国庆长假的第二天，家人一道自驾前往蓝田①一日游。那里有五光十色的辋川溶洞，有巍峨秀美的王顺山，有"辛勤耕作"的蓝田猿人，有佛光普照的水陆庵，更有名闻遐迩的蓝田美玉。而我们偏偏自驾至山高水远、人迹罕至的荒野一处，开始了和大自然的亲密接触。

　　"元儿快过来，这个东西你肯定喜欢！"小姨在山路边的树丛里笑着向我招手，示意我过去。

　　她手中捧着好几个橙红色的果子，顺手递给我一个。我仔细端详着，果子外表犹如用红色的纸包着的灯笼一般，轻轻撕开表皮，令我惊奇的是，里面一颗圆形的果实跃入眼帘，那般精致、那般可爱，让我很是惊叹。

　　"收好了哦！"小姨将手里的几个果子一并给我。

---

① 蓝田：地处陕西秦岭北麓，关中平原东南部，是西安市辖县，县城距市区22公里。

我自然明白她的意思，笑着递给了妻子一颗，她也仿照着我的动作撕开一看，里面居然也是一颗丰硕的果实。

小姨的心意我和妻子心领神会，并且很愉快地收下了在国庆节她送给我们的特别的"礼物"。后来旅行结束回到家里，我把那几颗红红的"果子"埋入了阳台的花盆里，并许下了一个愿望。

一个多月后的一天早晨，我还在睡梦中，隐约听到从客厅里传来一阵抽泣声。我顿时睡意全无，起身夺门而出。客厅里，妻子泪流满面地站在那里。

我顿时慌了神，赶忙走过去，这才发现她的手中拿着验孕棒，上面清晰地显示着我们期盼已久的结果。

我将妻子揽入怀中，并没有过多的言语，也没有刻意地去让她停止哭泣。我知道，幸福来得太突然，我没有理由"夺走"她喜极而泣的兴奋和激动。

万分巧合的是，按照时间计算，小宝贝来临的那一天，正好就是我们国庆假日去往蓝田的那一天！我突然回想起了小姨送给我的特别的礼物，顿时觉得那份特别已然非常珍贵！

转眼间，九个多月已过。还记得那天凌晨时分，我开着车，飞驰在去往医院的路上，妻子则坐在我的旁边，我们都紧张地期盼着，那份上天给予我们的珍贵礼物的来临。

还记得妻子是在凌晨的3点15分被推进手术室的，我和岳母在等候室里静静地等候着,偶尔小声交流着。

外面微风吹过,树叶沙沙作响,远处的天幕中,闪烁着几颗透亮的星星。"愿一切顺利,一切平安!"我心里默念着。

约莫过了二十分钟的样子,等候室与手术室之间的窗户被拉开了,只听得一个医生的声音:"××的家属!"

我们急忙起身,我当时以为是让家属签署文件,诸如医院对家属的风险提示之类的文件。我刚到窗口便怔住了,只见医生怀里抱着一个用粉红色抱被包着的婴儿,婴儿粉嫩粉嫩的,闭着眼睛,睡着了。

"在这里签字吧,是个女孩儿!"医生指着签字栏,顺口说。

我和岳母对视一笑:"是个女孩儿?!"

是的,是个女儿,这正是我日盼夜盼的珍宝!她在寂静的凌晨3点33分,来到了我的世界。

孩子,你的来临是如此之晚,让一家人为你心焦;孩子,你的来临又是如此之快,快得让作为父亲的我猝不及防!

当妻子从手术室被推出来的那一刻,我的眼睛湿润了。那一刻,我真切地体会到了作为母亲的伟大。

不仅是我,一大家人,都由于这个小宝贝的出现,脸上乐开了花。

她的姗姗来迟,让我深深地体会到,原来孩子的孕育和降生,也是生命中的一种缘分。对,偏偏是她,一个肉乎乎的、可爱的小姑娘！当她伸出自己的小手，像一个"指挥官"一样，和着我的歌声，在空中画着一个个圆圈时，我顿时只觉一股暖流流入心田。好吧孩子，爸爸给你起名叫"圈圈"，希望你的未来，诸事都能圆圆满满！

阳台花盆里的花儿在阳光下盛开着，我之前许下愿望的那一株，也盛开得格外漂亮。有一次，自己在阳台浇花时，突然间想起了小姨之前送我的特别的礼物，那几颗被我埋在花盆里的橙红色的果子。真是灵验，在我埋在花盆里许了愿以后，之后事情的发展真的如我的期盼一般。

对了，那颗橙红色的很吉利的果子叫什么名字呢？我居然还不知道！想到这里，我打开了电脑，在网上输入一行关键字搜索："表皮像纸，撕开后有红色果子的植物。"终于找到那天蓝田之行所采摘的果子的照片了，结果更是令我吃了一惊，这种植物的学名叫酸浆，又名——姑娘儿！

我想象不出在网上搜到这样的结果后，自己吃惊的神情，那一定是张大嘴巴，目瞪口呆！我无法想象和解释这种神奇，始终觉得，这是一场注定了的相遇。我深深地感激这份来之不易的缘分！

自此，我的心灵真正地找到了归宿，那个地方有爱，叫作"家"！

看着孩子一天天长大,那是一种期待已久的幸福和安宁。握着她那稚嫩的小手,仿佛在和年轻的自己经历着一场穿越时空的约定。那个约定就是,三十年后,当你像爸爸这般年龄的时候,希望你能够更加幸福和快乐!而爸爸也会尽最大的努力去践行这个约定!

望着孩子舞动的小手,我仿佛看到了年轻的自己。
奇妙的跨越时空的约定,就此开启。

酸浆，又名姑娘儿，给我的世界带来了不一样的颜色。

你在我的记忆深处

一抹绿色，一个希望。

后记

一直以来，自己有一个夙愿，希望能够写出属于自己的故事。在跨过三十又三的年纪之际，我终于提起笔，用并不娴熟的文字，写下自己的过往，叙写下令自己感动的似水年华。

我知道，在自己日益繁忙的工作和生活中，每天抽出时间来坚持写作，会让我失去很多东西，包括与家人的相伴，与孩子的玩耍，与友人的相聚等；但是同样会让我得到很多东西，得到心灵的安宁，得到那许久没有过的平静。我似乎又一次回到以往的岁月中，与年少的自己会合，与年轻的爸爸、妈妈相谈甚欢，与留在我记忆深处的伙伴们重聚。

当自己沉浸在回忆中时，当初的欢喜和悲伤均渐渐涌上心头，不断汇于笔尖。我知道自己坚持写作的意义，就在于此。

最后，感谢您能够走进我的世界。您能喜欢我的故事，是我的荣幸。同时，也希望您的人生更加精彩，在某一天某一处，能够与属于您的美好相遇！

2018年12月